MES FICHES POUR LE BAC

Term

Philosophie

Pr

Nathan

Sommaire

Lue Relue Apprise

Méthodologie

L'art

Le bonheur

La conscience

Le devoir

L'État

Sommaire

Lue | Relue | Apprise

Sommaire

Lue | Relue | Apprise

La religion

La science

Le temps

Le travail et la technique

La vérité

Révision express

Repères

L'épreuve de philosophie au bac

1

Modalités et exigences de l'épreuve de philosophie au baccalauréat.

1 Remarques d'ordre pratique

- L'épreuve de philosophie se déroule au mois de juin. Les copies et les feuilles de brouillon vous sont fournies. Vous n'avez pas le droit d'apporter de calculatrice. Il vous faut seulement de quoi écrire.
- Vous devez arriver muni(e) de votre convocation et d'une pièce d'identité.
- Durée de l'épreuve : **4 heures**.
- **Coefficient : 8**.
- L'épreuve de philosophie est une **épreuve écrite**. **Trois sujets au choix** vous sont proposés, deux sujets de dissertation et un texte à expliquer. Chacun des trois sujets renvoie à au moins une des notions au programme. Attention, il s'agit bien de trois sujets distincts, et vous ne devez traiter que l'un de ces trois sujets.
- L'épreuve orale est une épreuve du second groupe, que vous n'aurez à passer que si vous allez au rattrapage, c'est-à-dire si à l'issue des épreuves du premier groupe vous obtenez une moyenne entre 8 et 10.

2 Les exigences de l'épreuve

- Que vous choisissiez la dissertation ou l'explication de texte, les exigences sont les mêmes. Vous aurez réussi l'épreuve si :

– Vous avez montré que vous avez **cerné le sujet** (le sens de la question pour la dissertation, le propos du texte pour l'explication).
– Vous avez su vous **interroger** et mettre en évidence un **problème** philosophique.
– Vous avez produit un écrit **clair** et **cohérent** qui aboutit à une **solution** au problème dont il est question.
– Vous avez su bien **argumenter** vos propos, les justifier et pas seulement les affirmer ou les illustrer par des exemples.
– Vous avez **exploité vos connaissances** (philosophiques et générales) dans le cadre du sujet, et avez évité la récitation de cours qui n'apporte rien à l'analyse du sujet (les propos hors sujet).

piège à éviter

Un **problème** n'est pas simplement une question, mais la mise en opposition d'au moins deux thèses sur un même sujet. C'est ce qui fait que la réponse n'est pas évidente.

3 Quelques conseils généraux

- **Rendez une copie lisible :**

– Attention au matériel que vous utilisez pour rédiger votre copie : certaines encres, trop claires, rendent parfois la copie illisible.
– Soignez l'écriture et la présentation. Aérez votre copie. Au baccalauréat, ce sont des feuilles à petits carreaux qui vous sont fournies. N'écrivez pas sur toutes les lignes, cela rendrait difficile, voire impossible, le travail de votre correcteur.

- **Respectez les règles de communication écrite :**

– Soignez l'expression et l'orthographe : lorsqu'elles sont défaillantes, les idées deviennent souvent confuses, voire incompréhensibles.
– Soulignez les titres des œuvres que vous citez, mais pas les noms d'auteurs ou les citations. Les noms propres doivent comporter une majuscule et les citations doivent être mises entre guillemets.
– N'utilisez ni abréviation, ni schéma : rédigez entièrement votre devoir.

- **Prenez le temps de bien choisir votre sujet :**

– Ne vous déterminez pas d'emblée à choisir le texte (ou la dissertation) sans avoir eu connaissance des sujets. Vous devez choisir en fonction de votre compréhension et de l'intérêt que vous portez aux sujets.
– Lisez attentivement les trois sujets avant de vous déterminer et ne changez pas de sujet en cours d'épreuve.
– Consacrez 10 à 15 minutes au choix du sujet (pas plus, sinon vous risquez de manquer de temps).

- **Relisez votre copie.** Certes, il est compréhensible qu'à l'issue de quatre heures d'épreuve on n'ait qu'une envie : sortir de la salle. Cependant, trop de copies non relues témoignent de négligences peu honorables pour un candidat au baccalauréat : fautes d'orthographe importantes, expressions incompréhensibles, oublis de mots (parfois parce qu'on a effacé et oublié de réécrire), ou inversement, un même mot réécrit deux fois à la suite... Autant de fautes d'inattention qu'une relecture attentive vous permettra d'éviter.

La dissertation

2

Les deux premiers sujets proposés lors de l'épreuve de philosophie au baccalauréat sont des sujets de dissertation qui se présentent sous la forme d'une question. Comment procéder ?

1 Le principe de l'exercice

- Le sujet de dissertation se présente la plupart du temps sous forme de question et vous invite à **élaborer une réflexion rationnelle, cohérente et structurée** sur le sujet.
- Définition : « La dissertation est l'étude **méthodique** et **progressive** d'un problème que l'analyse d'une question permet de construire.»
- Il vous faut donc :

1) bien analyser la question et formuler le problème qu'elle implique,
2) développer une analyse suivie, argumentée et cohérente de ces problèmes,
3) nourrir votre analyse d'exemples,
4) mobiliser vos connaissances (concepts, auteurs...).

ce qu'il faut faire

Montrer que vous avez compris le problème auquel renvoie le sujet et élaborer une réflexion structurée, progressive et argumentée à partir de ce problème.

2 La préparation de la dissertation

A Bien comprendre le sujet

- **Analysez d'abord les termes du sujet.** Chaque terme est important, alors ne vous contentez pas d'une analyse partielle. Vous éviterez ainsi le hors sujet ou l'omission d'une perspective importante. Vous dégagerez ainsi plusieurs pistes de recherches.
- **Ancrez la question dans le réel.** Partez d'expressions courantes ou d'exemples pour développer votre réflexion sur le sujet.
- **Formulez la problématique.** La problématique n'est pas la question elle-même, mais la mise en évidence du problème qu'elle soulève. Le problème prend la forme de deux hypothèses opposées.

B Identifier et argumenter les thèses possibles

- **Reformulez** les différentes réponses possibles à la question (thèses) en une phrase. Chaque phrase pourrait être conçue comme le titre de chaque partie du devoir.
- Il convient pour chaque thèse de se demander : **qu'est-ce qui justifie cette idée ?** À quelles objections peut-elle s'exposer ? Aidez-vous de vos connaissances.

C Construire le plan

- Il est nécessaire **d'élaborer un plan au brouillon.** Ne rédigez pas tout au brouillon, sans quoi vous risquez de manquer de temps, mais ne commencez pas non plus à rédiger votre copie sans avoir effectué ce travail d'organisation au préalable. Vous risqueriez de vous éloigner du sujet ou d'oublier des éléments importants.
- **Rédigez également les transitions** : elles vous assurent de la cohérence logique de la structure de votre copie (si vous n'arrivez pas à rédiger les transitions, c'est que votre plan ne tient pas d'un point de vue logique).
- Finissez toujours votre devoir par la thèse que vous soutenez.

3 La rédaction de la dissertation

- **La copie doit être aérée** et l'on doit distinguer d'un coup d'œil introduction, parties, paragraphes, transitions et conclusions.

A L'introduction

- Amenez le sujet (montrez ce qui pourrait amener à se poser cette question).
- Posez la problématique.
- Précisez le plan en mettant en évidence les liens logiques entre les parties.

B Le développement

- Il comporte, dans l'idéal, **trois parties distinctes.** Chaque partie doit proposer une réponse possible à la question. La dernière partie constitue la thèse que vous soutenez. On peut s'en tenir à deux parties, à condition cependant de ne pas se contenter d'une simple opposition stérile qui ne permettrait pas d'apporter une réponse cohérente à la question.
- Dans chaque partie, on s'efforcera de **faire des paragraphes**, chaque paragraphe renvoyant à un argument.
- **Des transitions doivent assurer le passage entre les parties.** Une transition comporte deux étapes. D'abord on rappelle la thèse que l'on vient de défendre, puis on justifie le passage à l'idée suivante tout en l'énonçant.

C La conclusion

- Elle **synthétise** l'essentiel de la progression et donne explicitement la thèse retenue.
- L'éventuelle « **question d'ouverture** » n'est pas une nécessité. Elle a pour but de montrer que votre thèse peut amener à de nouvelles interrogations, donc que vous seriez capables de continuer encore l'analyse.

L'explication de texte

3

Le troisième sujet qui vous est proposé au baccalauréat est un texte qu'il faut expliquer. Comment élaborer et rédiger une explication de texte ?

1 Le principe de l'exercice

- Définition : « L'explication de texte s'attache à **dégager les enjeux philosophiques et la démarche** propre d'un passage extrait de l'œuvre d'un des auteurs au programme. »
- Le texte est accompagné de la consigne suivante : « La connaissance de la doctrine de l'auteur n'est pas requise. Il faut et il suffit que **l'explication rende compte**, par la compréhension précise du texte, **du problème dont il est question** ».
- Il vous faut donc :

1) interroger systématiquement la lettre de ce texte, ce qu'il dit,
2) préciser le sens et la fonction conceptuelle des termes importants,
3) mettre en évidence les éléments implicites du propos, ce qui n'est pas clairement dit, mais supposé,
4) décomposer les moments de l'argumentation, trouver la structure logique du texte,
5) ne jamais séparer l'analyse formelle d'un souci de compréhension de fond portant sur le problème traité et sur l'intérêt philosophique de la position de l'auteur.

ce qu'il faut faire

Montrer que vous avez compris ce que dit le texte, et cerné le problème auquel il renvoie, ses enjeux et son intérêt philosophique. Autrement dit : pourquoi est-il intéressant d'un point de vue philosophique ?

2 La préparation de l'explication

A Pour une lecture efficace :

- **Lisez plusieurs fois le texte**, de manière à vous en imprégner.
- **Soulignez** (ou surlignez) **les termes importants** (ceux qui renvoient aux notions au programme, ceux qui reviennent souvent) **et les connecteurs logiques**, les mots de liaison (« si », « mais », « donc »...). Ils vous aideront à repérer la structure logique du texte.
- Une lecture efficace est une lecture active : **reformulez** au fur et à mesure de votre lecture **les idées dans la marge** ou sur une feuille de brouillon.

B L'analyse du texte

- **Repérez le thème** du texte : de quoi parle-t-il ?
- **Repérez les idées importantes** du texte. Pour cela, demandez-vous : « que fait l'auteur ? » (est-il en train de défendre une thèse, de critiquer une position, d'illustrer son idée par un exemple ?) et « que dit-il ? » (quel est le contenu du texte ?).
- **Repérez le plan du texte** : découpez-le en parties. Chaque partie correspond à une idée que vous résumerez par une phrase. Liez logiquement les phrases ainsi obtenues (en vous aidant, si le texte le permet, des connecteurs logiques). Vous avez alors la structure logique du texte.
- **Repérez la thèse** : c'est l'idée principale, celle que défend le texte, et tout le texte. Si vous ne pouvez faire le lien entre la thèse et un passage du texte, c'est que la thèse que vous avez dégagée est incomplète. Demandez-vous : que veut démontrer l'auteur ?

piège à éviter

Attention, la thèse n'est pas toujours explicitement donnée dans une des phrases du texte, et elle ne se trouve pas toujours non plus dans la première phrase.

- **Repérez le problème** : le problème est la question à laquelle le texte essaie de répondre ou encore la question qu'il fait surgir.
- **Repérez l'enjeu philosophique** du texte : il vous faudra montrer la fécondité ou les limites de la solution apportée par le texte au problème qu'il analyse. Réfléchissez à d'autres thèses possibles, à d'autres façons de traiter ce problème.

3 La rédaction de l'explication

- Elle doit être constituée d'une introduction, de parties (au moins deux), de paragraphes à l'intérieur des parties, et d'une conclusion. Les parties doivent être liées par des transitions.
- **Introduction** : 1) amenez le thème et le problème, 2) formulez la thèse, 3) présentez le plan.
- **Développement** : suivez le plan du texte. Chaque partie du développement correspondra à une partie du texte. Dans chaque partie, organisez vos idées en paragraphes.
- **Conclusion** : 1) rappelez la thèse, 2) rappelez les principaux arguments évoqués dans le texte, 3) précisez l'intérêt philosophique du texte.
- **Citez régulièrement le texte**, afin que le correcteur sache quelle partie vous êtes en train d'expliquer. Expliquez toujours les passages que vous citez. Évitez la paraphrase : il ne s'agit pas seulement de redire (parfois plus mal !) ce que dit le texte, mais surtout de l'éclairer, d'en donner le sens.

L'épreuve orale du second groupe

4

Si vous n'êtes pas admis à l'issue des épreuves du premier groupe, il vous faudra faire vos preuves à l'oral de rattrapage. Conseils pour être efficace.

1 Précisions concernant les épreuves du second groupe

- Si, à l'issue des épreuves écrites, vous obtenez **une moyenne inférieure à 10 mais au moins égale à 8**, vous êtes autorisés à passer les épreuves du second groupe. **Vous choisissez alors deux matières** parmi celles que vous avez passé à l'écrit lors des épreuves du premier groupe que vous repasserez, cette fois, à l'oral.
- **La note obtenue à l'oral viendra se substituer à celle de l'écrit** si elle lui est supérieure : il faut choisir stratégiquement ses matières, en fonction de la note obtenue à l'écrit, du nombre de points à rattraper et du coefficient de chaque matière.
- Vous serez admis au baccalauréat si, à l'issue des épreuves, vous obtenez une moyenne au moins égale à 10/20 pour l'ensemble des épreuves.

2 Le principe de l'exercice

- L'épreuve orale de philosophie consiste en une **explication d'un passage d'une œuvre** préalablement étudiée en classe.
- Présentez-vous à l'oral muni de la liste remise par votre professeur et de deux exemplaires de l'œuvre que vous présentez.
- Durée : **20 minutes de préparation, 20 minutes de passage** (exposé et entretien).
- L'examinateur choisit un passage de l'œuvre (de 10 à 20 lignes environ). Le candidat doit expliquer le passage pour lui-même, tout en le replaçant dans la problématique générale de l'œuvre.
- **L'examinateur peut ensuite interroger le candidat** sur son explication, afin de lui permettre de clarifier ou de rectifier son interprétation. Il peut aussi l'interroger (mais cela arrive rarement) sur les notions du programme de philosophie.

3 La préparation de l'exposé

- La méthode d'explication est similaire à celle de l'explication de texte écrite (→ fiche 3), à ceci près qu'il vous faut situer le passage dans l'économie générale de l'œuvre, et montrer l'intérêt du texte par rapport à sa problématique générale.

- Vous n'avez que 20 minutes, ce qui est très court : il vous faut **arriver à l'épreuve avec une bonne connaissance de l'œuvre**.
- **Analysez le passage pour lui-même** : le but n'est pas de redire tout ce que vous connaissez de l'œuvre et de l'auteur, mais de montrer que vous avez compris le texte, le problème qu'il présente et son intérêt pour l'ensemble de l'œuvre.
- Commencez par **lire attentivement le passage**, en notant les idées au brouillon. Repérez le thème, la thèse, le problème, les idées importantes et le plan du texte.
- **N'écrivez pas tout au brouillon**, prenez simplement des notes qui vous guideront lors de votre exposé.

4 L'exposé

- Même si l'épreuve est de 20 minutes, **votre explication ne doit pas forcément durer 20 minutes.** La plupart du temps, le candidat explique le texte pendant 10 à 15 minutes. Le reste du temps est consacré à l'entretien.
- **Introduisez le texte** : présentez l'auteur et l'œuvre, et situez le texte dans l'œuvre. Précisez la thèse et le problème dont traite le texte, puis le plan.
- **Lisez le texte clairement**, en étant dynamique et convaincant.

> **Le conseil du prof**
> Vous devez être audible : attention au débit de parole, prenez le temps d'exposer vos idées, ne lisez pas vos notes, et regardez l'examinateur.

- Vient ensuite **l'explication linéaire** du texte. Précisez régulièrement le passage que vous expliquez, en le relisant si besoin : trop d'explications orales ne font aucune mention (ou trop peu) du texte et restent vagues et confuses. Expliquer consiste à reformuler une idée en en donnant les raisons et les enjeux.
- **La conclusion reprend les idées importantes du texte et met en évidence la thèse.** Elle précise également l'importance du texte dans l'œuvre en mentionnant synthétiquement le contenu de la suite de l'ouvrage.
- Au terme de l'exposé, l'examinateur invitera le candidat, par des questions et remarques, à clarifier, préciser, voire rectifier son interprétation du texte. Cet entretien vise à corriger les erreurs ou oublis éventuels, ou à approfondir et améliorer l'analyse du texte.

L'art : caractéristiques

X Lue ☐ Relue ☐ Apprise

5

Comment distinguer l'artiste de l'artisan ? Qu'est-ce qui caractérise en propre l'artiste génial ?

1 Artiste et artisan

A Art et technique : deux domaines d'abord confondus

- ***Ars*** en latin, et ***technè*** en grec, qui ont respectivement donné *art* et *technique*, ne sont à l'origine **pas distincts** et signifient tous deux « **savoir-faire** », « **habileté** ». On parle ainsi de « l'art d'être grand-père », de « l'art de cuisiner » ou de « l'art de peindre ».
- Art et technique sont des activités spécifiquement humaines, des domaines **culturels** dans lesquels l'homme produit à partir d'une matière première et **humanise la nature brute**. Pour **Hegel**, dans l'art et dans la technique, l'esprit impose sa forme à la matière et crée un monde **artificiel**.
- Ce n'est qu'au XVIIIe siècle que l'on distingue art et technique, la technique renvoyant aux **arts mécaniques** (relevant du travail manuel) et l'art à toute activité du domaine des **beaux-arts** (architecture, arts graphiques et plastiques...), dans lesquels le génie et la main doivent concourir.

B Spécificités de l'art par rapport à la technique

ART	TECHNIQUE
• **Création** (nouveauté, originalité, unicité)	• **Production** (réitération du même)
• Œuvre d'art **autotélique**. Pas de but pratique.	• Production d'un objet **utile**, visant une autre fin que soi.
• Mise en œuvre du **génie**. Le savoir-faire ne suffit pas.	• Le **savoir-faire** suffit : application de règles préétablies.
• Œuvre comme défi au temps, **intemporelle**.	• Production **éphémère**, destinée à être utilisée, usée, et à disparaître.

Lexique

Autotélique : du grec *auto*, « soi-même », et *telos*, « fin ». Ce qui est à soi-même sa propre fin, ce qui ne vise pas un autre but que soi-même.

2 Le Génie

A Le génie selon Kant

- Ce serait principalement le caractère génial de l'œuvre d'art qui la caractériserait en propre et permettrait de la distinguer du produit technique ou de l'œuvre sans intérêt. Mais comment comprendre le génie ?
- Pour **Kant**, les beaux-arts (qui visent la beauté) sont « les arts du génie ». Or, « seules les choses dont la connaissance la plus complète ne suffit pas à donner l'habileté nécessaire à les produire appartiennent à l'art. » (*Critique de la faculté de juger*). Le génie ne se contente pas d'appliquer des règles préétablies, mais se donne à lui-même ses propres règles sans pour autant pouvoir les expliquer ou les transmettre : on reconnaît ici le caractère **mystérieux** du génie, qui serait un **don**. Kant le définit comme « la disposition **innée** de l'esprit par laquelle la nature donne ses règles à l'art ». Le mot « génie » dérive du latin *genius*, « divinité présidant à la naissance » : idée de don divin, mystérieux.
- Le propre du génie selon Kant est qu'il manifeste un « libre jeu de l'imagination et de l'entendement ». Ni pur délire (dans lequel l'imagination est seule présente), ni œuvre scientifique (qui soumet l'imagination à l'entendement), l'œuvre du génie manifeste la liberté de l'esprit, le concours parfait de deux facultés de l'esprit.
- Caractéristiques du génie selon Kant :

– son **originalité** : souvent, les artistes commencent par imiter leurs maîtres, puis ils trouvent leur style ;
– il ne peut exprimer rationnellement son œuvre, il est **obscur à lui-même** ;
– ses œuvres servent de **modèle** aux générations futures, aux artistes à venir.

B Nietzsche : le génie désacralisé et rationalisé

- **Nietzsche**, au contraire, voit dans l'œuvre géniale le résultat non d'un don inné, mais celui d'un **travail intense**.
- Si l'on préfère croire en l'origine innée du génie, c'est pour se déculpabiliser de ne pas avoir fait aussi bien, et parce que l'œuvre nous apparaît comme parfaite, achevée. Nous ne soupçonnons pas tout le travail qu'elle a demandé. **Loin d'être irrationnel, le génie est tout à fait explicable et résulte d'une volonté à toute épreuve**.

À quoi sert l'art ?

6

X Lue ☐ Relue ☐ Apprise

Une œuvre d'art est vouée à être exposée, admirée, du moins contemplée. Mais est-ce son unique fonction et son seul but ?

1 Rôle de l'art du point de vue de l'artiste

A L'art pour l'art

- **Kant** distingue **l'art libéral** (art véritable, désintéressé, qui exprime la **beauté libre**, celle qui ne vise pas l'utilité) et **l'art mercenaire** (art dévié de sa nature, qui vise un profit dont la **beauté** n'est qu'**adhérente** : non recherchée pour elle-même, secondaire).
- On peut distinguer **art véritable, pure création** désintéressée, et **art de divertissement**, soumis à l'effet de mode, qui vise à plaire et n'a qu'un succès éphémère. **L'art ne devrait avoir d'autre but que lui-même, en tant que création d'objets ayant une valeur esthétique.**

B L'art comme expression de la spiritualité

- Par l'activité artistique, l'homme transforme la nature, la spiritualise et l'humanise.
- Pour **Hegel**, l'art répond au **besoin** qu'a l'esprit (pour prendre conscience de lui-même) d'imposer sa loi au monde.

C L'œuvre : une imitation ?

- **Platon** voit dans l'œuvre de l'artiste **une copie de copie mensongère :** ainsi, le lit peint par l'artiste est une copie d'un lit particulier qui n'est lui-même que la copie imparfaite de l'Idée de lit. Nous éloignant des essences, l'art engendre l'**illusion.**
- Au contraire, pour **Aristote,** l'imitation est source de connaissance, ce qui explique l'attirance que l'homme éprouve pour les œuvres d'art : « c'est par l'imitation qu'il acquiert ses premières connaissances, c'est par elle que tous éprouvent du plaisir. » (*Poétique*).

2 Rôle de l'art du point de vue du contemplateur

A L'art, dévoilement du réel

- **Hegel** admet que l'art appartient au domaine de l'apparence. Mais l'apparence n'est pas illusion, elle est **manifestation de l'être.** L'artiste n'imite pas la nature, il révèle de manière sensible une vérité : « l'imitation ne peut produire que des chefs-d'œuvre de la technique, jamais des œuvres d'art. » (*Esthétique*).

● Pour **Bergson**, à cause du langage, qui est inapte à traduire la réalité (→ fiche 21, p. 60), nous avons une vision utilitaire, générale et donc réductrice du monde. **Seul l'art peut dévoiler le réel, exprimer l'indicible.** Par l'œuvre, qui est toujours unique, l'artiste exprime un état d'âme singulier. **L'art nous apprend à avoir un regard non utilitaire sur les choses.**

B L'art, expression de la beauté

● L'art vise avant tout à susciter **le plaisir esthétique** en exprimant la **beauté**. **Le jugement de goût** est le jugement par lequel on affirme : « c'est beau », ou « c'est laid ». Peut-on prétendre à l'universalité lorsqu'on émet un jugement de goût ?

● **Les goûts sont divers** : « tous les goûts sont dans la nature ». Le **relativisme** s'impose en ce qui concerne l'évaluation des œuvres d'art. Si nos goûts dépendent de notre culture, de notre éducation, de notre vécu, ils divergent, et ce qui est beau pour l'un ne le sera pas pour l'autre. C'est ce qu'affirme **Hume** : « l'éducation, la coutume, le préjugé, le caprice et l'humeur modifient fréquemment notre goût. » (*Essais esthétiques*). Ainsi, « beauté et valeur sont purement relatives ».

● **Kant** au contraire distingue **les goûts** (personnels, variables), dont la satisfaction, intéressée, renvoie à **l'agréable**, et **le goût**, compris comme « faculté de juger d'un objet ou d'une représentation par une satisfaction dégagée de tout intérêt », dont la satisfaction a pour objet le **beau**.

> **citation**
> « Avoir du goût, c'est n'avoir pas de goûts » (Dufrenne) : *les* goûts, relatifs, doivent s'effacer lorsque l'on veut juger la beauté par *le* goût, faculté universelle.

● **Le goût : un sens commun permettant de juger justement d'une œuvre indépendamment de tout intérêt.** Quand je dis « c'est beau », je prétends, à juste titre, à l'universalité. Si de fait nous ne nous entendons pas toujours sur la beauté, c'est peut-être parce que le goût, comme toute faculté, doit être éduqué et développé. « Le beau est ce qui plaît universellement sans concept » (Kant, *Critique de la faculté de juger*), sans qu'on puisse objectivement le justifier, contrairement à un jugement de connaissance.

Hegel, *Esthétique*

Œuvre-clé

L'*Esthétique* est un ensemble de leçons sur l'art publiées à titre posthume que Hegel a professées de 1818 à 1829. Il y analyse le statut de l'art, et plus particulièrement les conditions et la légitimité d'une réflexion sur l'art.

L'auteur

- Né à Stuttgart, **Georg Wilhelm Friedrich Hegel** (1770-1831) étudie la philosophie et la théologie au séminaire de Tübingen. Faute de vocation, il renonce à une carrière de pasteur et se dirige vers l'enseignement. En 1807 paraît *La Phénoménologie de l'esprit*, œuvre qui s'efforce de dévoiler la rationalité qui est à l'œuvre dans l'histoire.
- Professeur titulaire à la chaire de philosophie de l'Université de Heidelberg, il rédige *La Science de la logique* (1812-1816) et le *Précis de l'Encyclopédie des sciences philosophiques* (1817), exposé des points fondamentaux de son système.
- Appelé à la chaire de Berlin, celui que l'on surnomme **le « professeur des professeurs »** jouit d'un grand prestige. La plupart de ses cours seront publiés à titre posthume à partir de ses manuscrits et des notes prises par ses étudiants : *Leçons sur l'histoire de la philosophie* (1833-1836), sur l'*Esthétique** (1832), *Leçons sur la philosophie de la religion* (1832), et *Leçons sur la philosophie de l'histoire* (1837). Durant la dernière année de sa vie, il exercera les fonctions de recteur de l'université de Berlin.
- Fondateur d'un véritable système philosophique, **Hegel est l'un des penseurs les plus influents du XIXe siècle**. Insatisfait des conséquences du système kantien, il élabore une vision nouvelle du monde qu'il qualifiera d'idéalisme absolu.

Problématique générale de l'œuvre

- **L'art est la manifestation de la vie de l'esprit**, et c'est ainsi qu'il doit être pensé, dans son rapport avec la totalité de l'histoire. **Hegel rompt avec la tradition philosophique qui voit dans l'art une simple imitation de la nature**, et montre que la beauté artistique est bien supérieure à la beauté naturelle.

Thèses essentielles

- **Toute œuvre d'art* est union du spirituel et du matériel**, en ce qu'**elle comporte une forme**, élément sensible, matériel, **et un fond**, élément intelligible, spirituel. La domination de l'un des deux éléments permet de distinguer dans l'histoire de l'art trois grandes périodes caractéristiques du déploiement de l'Esprit.
  – La première période est celle de **l'art symbolique**, que caractérise l'architecture. Elle s'étend de la civilisation indienne ancienne à la haute Antiquité grecque. La matière, imposante, y domine le spirituel.
  – Vient ensuite **l'art classique** (au Vᵉ siècle av. J.-C. à Athènes), qui manifeste l'équilibre parfait du spirituel et du matériel au travers de la sculpture notamment.
  – Enfin, **l'art romantique** (XIXᵉ siècle) voit advenir la supériorité du spirituel que manifestent par excellence la musique et la poésie.
- **Il n'y a de beauté que pour un esprit qui la contemple.** Ainsi, la beauté naturelle n'est saisie comme beauté que parce qu'elle est prise en charge par l'esprit, parce que l'esprit y entrevoit son propre reflet. Si le chant de l'oiseau nous ravit, si nous le jugeons beau, c'est parce qu'il ressemble à une douce mélodie, et non l'inverse.
- La beauté naturelle est immédiate, elle n'a pas conscience d'elle-même, alors que **l'œuvre d'art est un moyen par lequel l'esprit s'extériorise et prend conscience de lui-même. Là est sa supériorité** : « n'importe quelle mauvaise idée qui passe par la tête d'un homme est néanmoins plus élevée que n'importe quelle production de la nature, car elle possède toujours spiritualité et liberté. »
- La beauté artistique, loin d'être copie, imitation plus ou moins parfaite de la beauté naturelle, est la **manifestation sensible de la vérité**. Elle exprime l'incarnation sensible de l'Idée qui se déploie en elle.
- **Néanmoins, l'art est « quelque chose du passé ».** Il est voué à être dépassé par des formes culturelles plus spirituelles évacuant le sensible : la religion puis, en dernier terme, la philosophie.

Les concepts clés

- **Esthétique :** science du beau dans l'art, pour Hegel. De manière plus large, ce terme désigne aussi la partie de la philosophie qui traite de l'art en général.
- **Œuvre d'art :** union du spirituel (l'idée, le « fond ») et du matériel (la matière, la « forme »).

Le bonheur

7

Lue Relue Apprise

Bien que tout homme aspire au bonheur, tous ne s'entendent pas sur ce qu'il est et sur les moyens de l'obtenir : faisons le point sur les diverses conceptions du bonheur.

1 Définitions et distinctions essentielles

A Définitions

- Du latin *bonum augurium*, « bon augure », « bon présage », le bonheur serait, si l'on suit l'étymologie, **lié au destin**. Il ne dépendrait alors pas de nous de faire notre bonheur, celui-ci nous échoirait ou non indépendamment de nos actions, il serait affaire de chance. Mais peut-on se résoudre à attendre de la vie qu'elle nous comble ? N'avons-nous pas notre rôle à jouer dans l'acquisition même du bonheur ?
- La conception commune voit dans le bonheur **un état de satisfaction totale et durable, une plénitude qui suppose absence de manque, de souffrance et de douleur**. Pour être heureux, il faudrait avoir tout ce qui nous manque, ainsi que le fait remarquer **Kant** : « le bonheur est la satisfaction de toutes nos inclinations tant en extension, c'est-à-dire en multiplicité, qu'en intensité, c'est-à-dire en degré, et en protension, c'est-à-dire en durée ».
- Mais on peut aussi concevoir le bonheur comme **l'état d'esprit de celui qui vit en harmonie avec lui-même et ce qui l'entoure, une paix intérieure que rien ne vient troubler**. Les stoïciens, les épicuriens et les sceptiques considèrent ainsi que le bonheur consiste dans l'**ataraxie**.

Lexique

Ataraxie : absence de trouble dans l'âme, sérénité de celui qui maîtrise son esprit.

B Distinctions essentielles

- Le **bonheur se distingue du plaisir** en ce qu'il est ordinairement conçu comme durable alors que le plaisir est éphémère. Le plaisir est un état de satisfaction intellectuelle (le plaisir que l'on ressent lorsqu'on nous fait un compliment), c'est ici un sentiment, ou physique (le plaisir de savourer un bon repas), et ici il est une sensation. Le bonheur relève davantage d'un état d'âme. Néanmoins, certains hédonismes (doctrines qui voient dans le plaisir le bien suprême) ont considéré que le bonheur consistait dans le plaisir. Cette distinction est donc polémique.
- **Le bonheur se distingue également de la joie**, émotion ponctuelle généralement consécutive à une attente, un espoir réalisé.

● **John Stuart Mill** distingue le **bonheur**, qui suppose des plaisirs intellectuels et peu de douleur, de la **satisfaction**, constituée de plaisirs simplement corporels. Le bonheur ne se réduit pas à la satisfaction. Il est plus facile d'être satisfait que d'être heureux, mais le bonheur est plus enviable parce que de qualité supérieure.

citation

« Il vaut mieux être un homme insatisfait qu'un porc satisfait ; Il vaut mieux être Socrate insatisfait qu'un imbécile satisfait. » Mill, *L'Utilitarisme*.

2 Les problèmes essentiels

A La nature du bonheur et son accessibilité

● La vision commune du bonheur veut qu'il consiste dans un état de satisfaction totale et durable. Pour être heureux, il faudrait alors satisfaire tous ses désirs comme le veut **Calliclès** dans le *Gorgias* de **Platon**.

● Mais ici, le bonheur se confond avec le plaisir. De plus, puisque nous n'avons pas toujours les mêmes désirs et qu'ils renaissent sans cesse, **Kant** considère qu'un tel bonheur est « un idéal de l'imagination » : un état inaccessible, non réalisable. On ne pourra jamais satisfaire tous ses désirs.

● Selon les **stoïciens**, le bonheur suppose au contraire le rejet des désirs, car ils troublent l'esprit et font obstacle à la paix de l'esprit. Quant à Épicure, il place le principe du bien-être dans l'action raisonnable qui consiste à distinguer, parmi les désirs, ceux qui mènent à un vrai plaisir et ceux qui sont vains (→ fiche 13, p. 36).

B La valeur du bonheur

● On appelle **eudémonistes** les conceptions qui considèrent le bonheur comme **le souverain bien**, le bien auquel sont subordonnés tous les autres biens. Tout bien n'est recherché, écrit **Aristote**, qu'en vue d'un bien ultime qui est le bonheur.

● Pour **Kant**, au contraire, le souverain bien n'est pas le bonheur, mais la volonté de bien agir, la bonne volonté qui vise le bien pour lui-même et non en vue d'un intérêt quelconque. Le bien suprême est d'ordre moral, il est ce que le devoir recommande et qui peut parfois nuire à l'intérêt du sujet. Agir par devoir peut entrer en contradiction avec ce qui nous rendrait heureux.

● Pour **Schopenhauer**, le bonheur est une illusion : « il n'y a qu'une erreur innée, celle qui consiste à croire que nous existons pour être heureux ».

Bonheur et désirs

Lue Relue Apprise

8

Le désir, source d'énergie ou obstacle au bonheur de l'homme ?

1 Définitions et distinctions conceptuelles

- Le terme « désir » vient du latin *desiderare* : « regretter l'absence d'une étoile ». On retrouve ici l'idée d'un manque, qu'il faut combler et qui ferait obstacle au bonheur.
- Il faut **distinguer le désir du besoin et de la volonté** :

Notions à distinguer	Désir	Besoin	Volonté
Définition générale	Tendance vers un objet que l'on considère comme source de satisfaction.	Nécessité naturelle qu'il faut combler sous peine de porter atteinte à la vie ou à l'intégrité du sujet.	Détermination consciente et rationnelle du sujet vers un but qu'il se propose de réaliser.
Lien avec le choix et la liberté	Non choisi. Ce que l'on choisit, c'est de le satisfaire ou non, pas de le ressentir. Par opposition au besoin, le désir paraît **contingent** (fiche repère, p. 133) et sa satisfaction **superflue**.	Non choisi. On ne peut pas non plus choisir de ne pas le satisfaire, à moins de porter atteinte à sa vie. Il relève de la **nécessité**.	Choisie par le sujet après délibération, réflexion. Idée de liberté, maîtrise de soi. Elle relève du **possible**.
Origine	La société, l'éducation, l'enfance (désirs inconscients), autrui.	La nature.	Le sujet et sa volonté comme faculté de se déterminer. Elle suppose la conscience.
But	La **satisfaction physique ou intellectuelle** : combler un manque ou jouir positivement. Il peut être irréalisable (s'il ne dépend pas de nous, ou si on a des désirs contradictoires).	La **satisfaction physique.** La préservation de la vie.	La **réalisation d'un projet**, fidélité à soi-même, création de soi. Réaliste, ne contient pas de contradiction et dépend de nous.

2 L'ambivalence du désir

A La conception classique : dévalorisation du désir

- Le désir est longtemps apparu comme **néfaste** et **dangereux** aux yeux des philosophes. Platon voit en lui la manifestation du sensible qui nuit au bon ordre de l'esprit, le détournant de la raison.
- Insensé, irrationnel, le désir apparaît également aux stoïciens comme **ce qui trouble l'âme** et fait obstacle à l'**ataraxie**. Il est un *pathos*, **une maladie** de l'âme qu'il faut combattre (*pathos*, en grec, donne « passion », terme qui désigne un désir exacerbé et exclusif).

> **Lexique**
> **Ataraxie** : absence de trouble de l'âme, sérénité que recherchent les sagesses antiques. Le bonheur du sage.

- Quant à **Épicure**, visant également le bonheur, il préconise de ne satisfaire toujours que les désirs « naturels et nécessaires » (s'alimenter, dormir), modérément les désirs « naturels et non nécessaires » (manger un petit pot de lait caillé), et d'abolir ceux qui ne sont « ni naturels ni nécessaires » (désir de gloire, de richesse...).
- Ce que l'on reproche au désir :
  - d'origine corporelle, sensible, **il s'oppose à la raison** et nous fait faire des choses insensées. Il fait obstacle à la recherche de la vérité ;
  - expression d'un manque, d'une incomplétude, **il manifeste notre imperfection**. Il est source de frustration, donc de souffrance, et porte atteinte à la tranquillité de l'âme.

Ainsi, **il faudrait se méfier des désirs, les maîtriser, voire les éradiquer afin d'accéder au bonheur.**

B La positivité du désir

- Pour **Spinoza**, « le désir est l'essence même de l'homme » (*Éthique*), c'est pourquoi lorsqu'un désir est satisfait, un autre renaît. Tout désir particulier manifeste un désir fondamental : celui de persévérer dans son être, que Spinoza nomme *conatus*. Ainsi, désirer, c'est désirer vivre : **une vie sans désir serait mortifère.**
- **Rousseau** va dans le même sens : « Malheur à qui n'a plus rien à désirer ! Il perd pour ainsi dire tout ce qu'il possède. **On jouit moins de ce qu'on obtient que de ce qu'on espère**, et l'on n'est heureux qu'avant d'être heureux. » (*Julie ou la nouvelle Héloïse*). Il y a dans l'attente, dans la représentation de la satisfaction, une jouissance non négligeable.
- **Hegel**, analysant les actes des grands hommes de l'histoire, conclut que « rien de grand dans le monde ne s'est accompli sans passion ». **Le désir, la passion, sont ce qui pousse à agir**, et l'origine de nombre d'actes extraordinaires.

Épictète, *Manuel*

Œuvre-clé

Ensemble de conseils à suivre pour atteindre la sérénité, le *Manuel* d'Épictète nous livre les éléments essentiels de la pensée stoïcienne.

L'auteur

- Épictète (50-130), philosophe stoïcien, fut un esclave impassible et résigné au service d'un maître brutal.
- Affranchi, l'ancien esclave dispense son enseignement. Sa sagesse attire l'empereur Hadrien, et Marc-Aurèle reprendra nombre de ses pensées.
- Son enseignement est uniquement oral : comme Socrate, il n'a rien écrit lui-même. C'est son disciple Arrien qui retranscrit ses leçons et nous livre sa pensée au travers du *Manuel* et des *Entretiens*.

Problématique générale de l'œuvre

- Dans cet ouvrage, Épictète prodigue les conseils à suivre en vue de se libérer des maux qui troublent l'âme. Le bonheur suppose la liberté de l'esprit.
- Le philosophe doit savoir se maîtriser et se libérer des désirs vains. Pour cela, il doit d'abord suivre une règle essentielle : distinguer ce qui dépend de lui et ce qui n'en dépend pas.

Thèses essentielles

- **Une vie conforme à la nature**

L'homme, en tant qu'être inscrit au sein de la nature, doit **vivre conformément à la nature.** Épictète considère le monde comme soumis à un ordre immuable, le **destin**, auquel nul ne peut se soustraire. Il ne peut changer le cours des choses (les circonstances matérielles, la maladie...), mais reste cependant maître de lui-même.

- **Ce qui dépend de nous et ce qui n'en dépend pas**

La connaissance de la nature doit permettre de bien vivre et, pour cela, il faut savoir distinguer **ce qui dépend de nous et ce qui n'en dépend pas.**
– Ne dépend pas de nous ce que l'on ne peut changer, ce qui relève de la nécessité ou du jugement d'autrui (par exemple, « le corps, les biens, la réputation, les dignités »).
– En revanche, nos jugements, nos façons d'appréhender les événements dépendent de nous (par exemple, « l'opinion, la tendance, le désir, l'aversion »). Ils relèvent de notre esprit et de notre volonté.

– Les choses en elles-mêmes ne sont ni bonnes ni mauvaises, ce sont nos jugements qui les considèrent comme telles. Il faut donc apprendre à regarder autrement le monde et comprendre que **c'est nous qui donnons une valeur aux événements**.

Citation : « Ce qui trouble les hommes, ce ne sont pas les choses, mais les jugements relatifs aux choses ; ainsi la mort n'a rien d'effrayant [...] ; mais que l'on juge la mort effrayante, voilà bien l'effrayant. »

- **L'insensé et le sage**

– Cette distinction est capitale : elle conditionne l'accès à la sagesse et à la sérénité : l'insensé voulant autre chose que ce qui est ne distingue pas ce qui dépend de lui et n'en dépend pas. Il se rend esclave de ses opinions, de ses désirs, de ses jugements.

– Au contraire, le sage, indifférent face aux événements qui ne peuvent plus le troubler (il sait qu'il ne peut les changer), s'affranchit de tout trouble (angoisse, inquiétude, désir non satisfait...). Il est libre.

– Ce sont nos représentations ou nos frustrations qui causent notre malheur. Dès lors, comprendre que nous avons le pouvoir de les modifier ou de les abolir, c'est aussi comprendre que notre bonheur, la tranquillité de notre âme, l'**ataraxie***, ne dépend que de nous.

- **Liberté et nécessité***

– Cette distinction entre ce qui dépend de nous et ce qui n'en dépend pas permet de comprendre comment, malgré l'existence d'un ordre implacable du monde, l'homme est absolument libre : sa liberté ne consiste pas dans une supériorité illusoire sur la nature, mais dans une **maîtrise de ses pensées**.

– Membre à part entière de la nature, l'homme doit apprendre à vivre conformément à cet ordre. Ce n'est qu'en acceptant le cours des choses qu'il s'affranchit du malheur.

Citation : « Ne demande pas que ce qui arrive arrive comme tu veux. Mais veuille que les choses arrivent comme elles arrivent, et tu seras heureux. »

Les concepts clés

- **Ataraxie** : absence de trouble dans l'âme, sérénité du sage qui maîtrise ses jugements.
- **Nécessité** : ce qui ne peut pas ne pas être, ce que l'on ne peut ni éviter ni modifier.

La conscience : définitions et problématiques

9

Lue Relue Apprise

La conscience est traditionnellement considérée comme le propre de l'homme. Mais que désigne cette notion ? Quels sont les problèmes qu'elle engendre ?

1 Définitions

A Définition générale

- **La conscience est ce par quoi nous prenons acte de l'existence du monde et de notre propre existence.** Du latin *cum* (« avec ») *scientia* (« savoir »), elle est ce savoir que l'homme a de lui-même, de ses pensées, sentiments et actes, ainsi que du monde autour de lui.
- **Alain** définissait ainsi la conscience : « C'est le savoir revenant sur lui-même et prenant pour centre la personne humaine elle-même, qui se met en demeure de décider et de juger » (*Définitions*, 1953).
- La conscience de soi est à l'origine du **sujet** (→ fiche 11, p. 29), elle est ce qui permet de dire « je ».

B Distinctions : les divers aspects de la conscience

- On distingue généralement :

– **La conscience psychologique** : intuition plus ou moins claire que l'esprit a de lui-même et du monde qui l'entoure.

– **La conscience morale** : capacité qu'a l'homme de faire retour sur ses pensées et actions pour les analyser et les juger en fonction des valeurs morales.

> **piège à éviter**
> Il n'y a pas deux consciences, mais bien **une faculté unique** qui opère dans deux domaines différents.

- La conscience psychologique comporterait des degrés :

– degré le plus bas → la **conscience spontanée (immédiate)** : présence immédiate de l'homme à lui-même au moment où il pense, sent, agit...

– degré le plus haut → la **conscience réfléchie** : conscience de soi en tant qu'être conscient, distinct de ses actes et du monde. Capacité **de faire retour** sur ses pensées et actions pour les analyser, les réfléchir, les juger.

Toutefois, cette dernière distinction est problématique : toute conscience n'est-elle pas également conscience de soi ?

2 Les principales problématiques

A Peut-on se fier à la conscience ?

● La conscience permet à l'homme de **se mettre à distance du monde et de lui-même**, de se questionner. Elle fonde donc notre rapport au réel, notre connaissance et notre morale : est-elle fiable ?

● Le problème s'accroît quand le sujet se prend lui-même pour objet : comment accède-t-on à la conscience de soi ? Cette conscience peut-elle être **objective** ? (→ fiches 10, 17 et 18 ; p. 27, 49 et 51). Les **autres** ne nous jugent pas toujours comme nous nous jugeons nous-mêmes : est-on objectif vis-à-vis de soi-même ? Il faudrait alors distinguer **conscience de soi** (je sais que j'existe) et **connaissance de soi** (je sais qui je suis).

B La conscience : grandeur ou misère de l'homme ?

● La conscience permet à l'homme d'agir autrement que par **instinct** : elle fait que la réaction humaine n'est pas toujours prévisible ni même adaptée. Si l'instinct est un mode d'action efficace et adapté à la situation, la conscience en revanche peut être source d'erreurs et de mauvais choix.

lexique

Instinct : comportement inné, commun à une espèce, mode d'adaptation inné à l'environnement extérieur.

● Pour **Pascal** : « l'homme est un roseau, le plus faible de la nature, mais c'est un roseau pensant » (*Pensées*). Par la conscience, l'homme se sait à la fois **misérable** (il est peu de chose dans cet univers immense) et **digne** (il *sait* qu'il n'est pas grand-chose). Il y a **ambivalence de la conscience**.

C Conscience et liberté

● **Sans conscience, pas de liberté, ni de moralité.** N'est immoral qu'un acte **volontairement** et donc consciemment commis. La conscience fait de nous des sujets de droit, possédant droits et devoirs. Elle est source de liberté (l'acte inconscient n'est pas maîtrisé donc non libre).

● « Posséder le “Je” dans sa représentation : ce pouvoir, écrit **Kant**, élève infiniment l'homme au-dessus de tous les êtres vivants sur la terre. Par là il est une **personne** », et donc un être **responsable** devant autrui et devant les tribunaux.

● Mais la conscience est aussi source de **remords** (« avoir mauvaise conscience ») lorsque nous agissons mal, et nous fait souffrir **contre notre gré**. La conscience est-elle source de liberté, ou obstacle à la liberté ? (→ fiches 18 et 24, p. 51 et 67).

Le problème de la nature de la conscience

10

Lue Relue Apprise

La conscience confère au sujet une unité et est condition de possibilité de la connaissance. Mais elle n'est pas à l'abri de tout soupçon.

1 De quelle nature est la conscience ?

A Le cogito cartésien

- **Descartes** entreprend dans les *Méditations métaphysiques* (→ œuvre-clé, p. 31) une remise en cause de son savoir, afin de le fonder sur des bases solides. Il trouve dans le **cogito** (« je pense ») le modèle de toute vérité.
- « Cogito, ergo sum » : « je pense, donc je suis » est la première vérité, évidence, qui nous est accessible par **introspection**. Puisque je pense, je suis, et rien ne peut remettre en cause ce savoir de mon existence en tant que substance pensante. La conscience désigne l'esprit, pure transparence : **toute pensée est consciente pour Descartes**.

lexique

Introspection : réflexion intérieure que le sujet mène sur lui-même.

B Kant : la conscience comme pouvoir de synthèse

- Pour **Kant**, la conscience n'est pas une substance, elle est un **acte**, par lequel s'opère l'unification de la diversité. Par la conscience, je sais que c'est moi qui fais ou pense ceci ou cela, j'unifie les informations qui me viennent de l'expérience pour les ramener à un même sujet, moi, qui sais que je sais. Ainsi, Kant montre que le **« je »** unifie toutes nos représentations.
- La conscience est condition de possibilité de la connaissance, de l'unification du divers des représentations.

2 La conscience comme engagement

A Husserl : la conscience comme intentionnalité

- La conscience n'est jamais conscience pure, **elle est toujours conscience de quelque chose**, elle n'apparaît qu'en se rapportant au monde. Elle n'est donc pas une substance, mais **une visée intentionnelle**, comme l'affirme **Husserl** avec la notion d'**intentionnalité** : « le mot intentionnalité ne signifie rien d'autre que cette particularité foncière et générale qu'a la conscience d'être conscience de quelque chose. » (*Méditations cartésiennes*).

● Avoir conscience de cette maison c'est la viser comme présente. La conscience se comprend comme relation, éclatement vers le monde. Elle lui donne **sens**.

B Bergson : la conscience est synonyme de choix.

● Nous n'avons pas constamment conscience de tout ce qui nous entoure. La conscience que nous prenons du monde est orientée par nos attentes, besoins, intérêts... En ce sens, la conscience, **attention au monde**, peut être considérée, avec **Bergson**, comme « synonyme de choix » : elle est « un pont jeté entre le passé et le futur », ce qui sélectionne les informations utiles à l'action présente, mémoire utile.

citation

« Retenir ce qui n'est déjà plus, anticiper ce qui n'est pas encore, voilà donc la première fonction de la conscience. » Bergson, l'*Énergie spirituelle*.

● Si la conscience n'effectuait pas ce choix, notre esprit serait constamment encombré, empêchant toute action.

3 Mais la conscience n'est-elle pas source d'illusions ?

Longtemps considérée comme fondement irréprochable de la connaissance, et comme totalité du psychisme, la conscience apparaissait comme pure transparence à laquelle tout était accessible. Mais l'objectivité de la conscience peut également être interrogée.

A Spinoza : une conscience créatrice d'illusions

● Loin d'être une sorte de lumière intérieure, la conscience engendre nombre d'illusions, qui procèdent de ce qu'elle est partielle. **Nous ne connaissons pas les vraies causes de nos actions**, et nous en déduisons illusoirement notre liberté. Examinant tout à partir de nous-mêmes, nous avons l'illusion d'être au centre de l'univers.

B Marx : la conscience de classe

● La conscience serait selon Marx **déterminée par la position sociale de l'individu dans la société**. Chaque individu interprète les phénomènes en fonction des intérêts de sa classe sociale. La conscience n'est donc pas neutre, elle est produite par les conditions matérielles d'existence du sujet et varie historiquement avec elles. « Ce n'est pas la conscience des hommes qui détermine leur existence, c'est au contraire leur existence qui détermine leur conscience. » (Marx et Engels, *L'Idéologie allemande*).

La conscience, fondement du sujet

11

Lue Relue Apprise

La notion de « sujet » est polysémique et discutée : à quelle réalité renvoie-t-elle ?

1 Étymologie et définitions

- Le terme *sujet* vient du latin *subjectum* qui signifie « ce qui est jeté sous », « ce qui est en-dessous ». Cette étymologie suggère l'idée d'un fondement, d'un soubassement.
- Voici les différentes significations de cette notion :

– **Sens grammatical** : ce dont on affirme quelque chose, ce à quoi se rapporte un prédicat (ou attribut). Par exemple, dans la phrase « Socrate est philosophe », « Socrate » est le sujet et « philosophe » est le prédicat.
– **Sens logique** : une substance, **une réalité** stable servant de support aux prédicats. « Le sujet est ce dont tout le reste s'affirme, et qui n'est pas lui-même affirmé d'une autre chose » (**Aristote**, *Métaphysique*, Z, 3, 1028a).
– **Sens métaphysique** : l'esprit connaissant, la conscience comme substance, le *cogito* (**Descartes** : « je pense, donc je suis ») ; ou encore le « je », principe qui unifie toutes nos représentations, condition de possibilité de la connaissance (**Kant**). Selon **Schopenhauer**, « ce qui connaît tout le reste sans être soi-même connu, c'est le sujet. » (*Le Monde comme volonté et comme représentation*).
– **Sens moral** : la personne, être moral et responsable, capable d'évaluer ses actes en fonction du bien et du mal et de les maîtriser. C'est le sens que lui donne **Kant** : « posséder le Je dans sa représentation : ce pouvoir élève l'homme infiniment au-dessus de tous les autres êtres vivant sur la terre. Par là, il est une personne. » (*Anthropologie du point de vue pragmatique*).
– **Sens juridique et politique** : celui qui possède des droits et des devoirs. Responsable devant la loi (un sujet de droit), ou inversement le sujet de l'autorité politique : celui qui lui est soumis (être assujetti).

2 Le problème de l'unité et de l'existence du sujet

A Présentation du problème

- Être sujet, c'est être **conscient** de soi et du monde, origine, **auteur**, **maître** de ses actes et pensées. C'est être capable de dire « je », de rapporter à soi ses pensées et ses actes. Cela suppose donc une **identité** du sujet qui demeure malgré le temps qui passe et les qualités qui varient.

● Dire « je », c'est se rapporter en effet à une unité stable et immuable. Le sujet serait **ce qui persiste** malgré les changements qui s'opèrent sur lui (il vieillit, change d'opinion, de statut social...).

● Mais n'est-ce pas une **illusion** que de dire « je » en considérant que derrière ce « je » subsiste une seule et même personne ? Tel est le **problème de l'identité personnelle : qu'est-ce que le moi ?**

B Les remises en cause du sujet

● **Nietzsche** voit dans nos **usages langagiers** l'origine de la croyance en l'existence d'entités immuables qui ne sauraient réellement exister. Si nous croyons en l'existence du sujet, notamment, c'est à force d'utiliser dans le langage le « je » comme support de nos pensées et actions. Or, le réel est bien plus riche que ce dont nous avons conscience, la conscience classe et mutile le réel. Le « je » n'est qu'une **illusion**. « C'est la croyance à la grammaire, on suppose des choses et leurs « activités », et nous voilà bien loin de la certitude immédiate. » (*La Volonté de puissance*)

● **Hume** remet en cause l'unité du « moi », **inaccessible** en tant que substrat de nos perceptions : « Je ne peux jamais me saisir, *moi*, en aucun moment sans une perception et je ne peux rien observer que la perception. » (*Traité de la nature humaine*)

● **Freud,** découvrant **l'inconscient**, remet en cause la maîtrise que le sujet peut avoir de lui-même et son unité : la conscience ne constitue qu'une infime partie de l'esprit, et le sujet est bien plus complexe que ne le considérait **Descartes**. C'est alors **l'autonomie** du sujet qui est à interroger (→ fiche 18, p. 51)

citation

« La recherche psychologique [...] se propose de montrer au moi qu'il n'est pas maître dans sa propre maison. »
Freud, *Introduction à la psychanalyse.*

Descartes, *Méditations métaphysiques*

Œuvre-clé

Dans les *Méditations métaphysiques* qu'il rédige en 1641, Descartes invite le lecteur à faire avec lui le chemin qui mène de la destruction des opinions reçues à la reconstruction du savoir.

L'auteur

- **René Descartes** (1596-1650) fut d'abord élève des Jésuites, puis il devint soldat, et fit à ce titre de nombreux voyages, afin de s'instruire dans « le grand livre du monde ».
- En 1619 lui apparaissent sous forme de songes les prémisses de sa **méthode**, moyen d'unifier les connaissances et de **fonder une science universelle.** Il décide alors de consacrer sa vie à la science, et s'installe en Hollande, afin d'éviter la censure.
- Descartes est sans aucun doute **le fondateur du rationalisme moderne** : il affirme la supériorité de la raison, source de toute connaissance. Guidé par une méthode rigoureuse, le **sujet** peut accéder par ses propres lumières à la vérité.
- Œuvres principales : *Règles pour la direction de l'esprit* (1628), *Discours de la méthode* (1637), *Méditations métaphysiques* (1641), *Principes de la philosophie* (1644), *Traité des passions de l'âme* (1649).

Problématique générale de l'œuvre

- Descartes entreprend dans les *Méditations métaphysiques*, **une remise en cause de son savoir**. Au cours des six méditations qui constituent l'œuvre, il mène une expérience de pensée qui le mènera à **reconstruire le savoir sur des bases solides.** « Ces six *Méditations* contiennent tous les fondements de ma physique. » (*Lettre à Mersenne*, 28 janvier 1641)
- La question de départ : de quoi puis-je être absolument certain ? Ayant acquis de nombreuses connaissances, je suis en droit d'interroger leur véracité. Qu'est-ce qui est **indubitable*** ?
- La méthode : un **doute hyperbolique*** qui mène à remettre en cause toute affirmation qui ne soit pas absolument certaine.

Thèses essentielles

- Descartes, dans la première méditation, met en **doute** l'existence de toute réalité matérielle (car les sens peuvent être trompeurs, et rien ne m'assure que je ne suis pas en train de rêver) et la véracité même des vérités mathématiques (il se peut qu'un malin génie me trompe lorsque je crois que deux plus trois font cinq).
- Dans la seconde méditation, Descartes trouve dans le **cogito*** (« je pense ») la pierre de touche modèle de toute vérité : « cette proposition : *Je suis, j'existe*, est nécessairement vraie, toutes les fois que je la conçois en mon esprit. » Ce qui est indubitable, c'est la **conscience** que le sujet a de lui-même.
- L'homme est à la fois esprit, **substance pensante**, et corps, **substance étendue**. L'esprit est plus aisé à connaître que le corps, et est source de connaissance. **L'expérience du morceau de cire** montre que **les sens n'instruisent pas** : si l'on chauffe et refroidit un morceau de cire, son apparence change, alors que l'esprit sait bien qu'il s'agit du même morceau de cire. Ce n'est donc pas par les sens que nous percevons ce morceau de cire, mais par l'esprit qui saisit sa permanence. **La perception est « une inspection de l'esprit ».**
- De la preuve de l'existence de Dieu, Descartes conclura à notre pouvoir de connaître la vérité en se fondant sur **la clarté et la distinction, critères du vrai**. Ainsi peut-il réhabiliter la réalité matérielle que la première méditation avait mise en doute.

Les concepts clés

- **Métaphysique** : ensemble des principes qui fondent la connaissance. Les *Méditations métaphysiques* constituent donc un effort pour établir les principes de base sur lesquels toute science doit s'appuyer.
- **Indubitable** : ce dont on ne peut absolument pas douter.
- **Doute hyperbolique** : doute exagéré. Une affirmation ne sera retenue comme vraie que si elle est indubitable. Même si elle est très probable, on ne l'admet pas. C'est un doute **provisoire**, chez Descartes, puisqu'il s'agit d'un moyen pour accéder à la vérité.
- **Cogito** : littéralement, « Je pense ». Le cogito désigne la conscience, synonyme chez Descartes d'esprit, puisque toute pensée est consciente (ce que Freud remettra par la suite en cause avec l'affirmation de l'existence de l'inconscient psychique).

Le devoir

12

Lue Relue Apprise

Moral, institutionnel ou juridique, le devoir définit toujours ce qui doit être, ce qu'il faut faire.

1 Le devoir est de l'ordre de l'obligation, non de la contrainte.

- Le devoir est un ordre qui s'impose à nous, d'un point de vue moral (« tu dois respecter autrui ») ou juridique (« tu dois payer tes impôts »). Il nous oblige, mais ne nous contraint pas :

Obligation	Contrainte
D'ordre moral	D'ordre matériel, physique
Choix possible : on peut refuser de faire son devoir.	Pas de choix : lorsqu'on est contraint, on ne peut faire autrement.

- Si le devoir peut être perçu comme une contrainte, d'un point de vue philosophique, il relève plutôt de l'obligation, laquelle présuppose la **liberté** du sujet : je *dois* respecter autrui, mais je *peux* ne pas le faire.
- Le devoir n'est pas spontané : si je dois, c'est que je ne fais pas spontanément. Sauf à dire que le devoir est devenu une habitude, une seconde nature à laquelle on obéit spontanément sans en avoir conscience (exemple : dire « bonjour »).
- Si l'on ne respecte pas les devoirs que dicte la loi juridique, on peut à terme être l'objet d'une contrainte : si je dois payer mes impôts, je peux refuser de le faire, mais à terme l'État me contraindra à le faire (par un prélèvement sur mon compte par exemple). **Rousseau** note que, si les hommes ne respectent pas les lois émanant de la volonté générale, « on les forcera à être libres », c'est-à-dire à respecter les lois pour garantir la liberté qu'elles leur confèrent.

2 Pourquoi fait-on son devoir ?

A On fait son devoir par intérêt.

- On obéit aux lois d'abord **par peur de la punition**. Les lois énoncent des devoirs parce que spontanément, l'homme n'agit pas toujours comme il le devrait, sinon les lois seraient inutiles. Si, à l'état de nature, « l'homme est un loup pour l'homme », ainsi que l'affirme **Hobbes**, les lois sont nécessaires pour garantir la sécurité, et si on leur obéit, c'est parce que la raison nous fait bien voir que c'est **dans notre intérêt**.

- Au livre II de la *République*, **Platon** fait référence à **la fable de l'anneau de Gygès** : un berger ayant découvert une bague magique susceptible de le rendre invisible aux yeux des autres, en profite pour commettre l'injustice, celle-ci semblant a priori plus avantageuse que la justice pour celui qui peut la commettre impunément. **On ne ferait donc le bien que par souci du regard des autres et par peur des représailles si l'on fait le mal.**

B Le devoir : une fin en soi

- Néanmoins, **Socrate** affirme que « nul ne fait le mal volontairement ». Nul ne peut vouloir le mal s'il sait que c'est un mal. Si, donc, une faute est commise, c'est à l'ignorance qu'on la doit, à la bêtise de celui qui se trompe sur ce qu'est le bien. Par conséquent, **le respect de la justice doit passer par l'éducation**. On fait alors son devoir **par respect pour la justice**, parce qu'elle est en elle-même un bien.
- **Kant** distingue deux sortes de devoirs :

1. Ceux que l'on respecte **en vue d'une fin**, conditionnés donc par la situation dans laquelle on se trouve et, surtout, par le but recherché. Ce sont des impératifs hypothétiques. Ils se formulent ainsi : « si tu veux X, tu dois Y ». Par exemple : si tu veux réussir ton examen, tu dois travailler. L'action vise un intérêt et n'est pas de l'ordre du devoir véritable.
2. Le devoir moral véritable est **bon en lui-même**, inconditionné et universalisable. C'est **l'impératif catégorique**. Il dit « tu dois », et ce, quelle que soit la situation. Par exemple, tu dois respecter autrui.

- **Kant** note aussi qu'**agir *conformément au* devoir, ce n'est pas encore agir *par* devoir :** dans le premier cas, on ne contredit certes pas les principes de la morale, mais on peut y trouver un intérêt, et l'action n'est pas purement morale. En revanche, agir par devoir consiste à respecter la loi morale pour elle-même, indépendamment de nos intérêts personnels. Là est l'action vraiment morale et qui relève du devoir véritable. Reste qu'on ne peut jamais être certain qu'une action soit purement morale : on peut toujours imaginer un intérêt caché à l'origine de l'action.

Le devoir du point de vue de la morale

13

Lue Relue Apprise

Comprendre ce qu'est la morale n'est pas chose aisée. Faisons le point sur les divers aspects de cette notion.

1 Définitions et distinctions essentielles

A Définitions premières

- Du latin *mores*, mœurs, **une morale est un ensemble de règles de conduite et de valeurs propres à un groupe ou à une société** (par exemple, la morale chrétienne). Elle définit le bien et le mal et prescrit des droits, des devoirs et des interdits en vue de réguler les actions des hommes.
- La morale, d'un point de vue philosophique, s'entend comme **l'ensemble des principes et des règles de conduites que l'homme doit respecter en vue du bien.**
- **Le sujet moral** est une personne, c'est-à-dire un être responsable (pouvant répondre de ses actes), capable de distinguer le bien du mal.
- **Une vertu** est une qualité morale. Être vertueux, c'est agir moralement.

B Distinctions essentielles

- **L'éthique est la théorie raisonnée de la morale, son étude.** On parle aussi de diverses éthiques pour désigner les règles propres à une profession ou à un domaine (l'éthique du médecin, par exemple).
- **La morale définit des obligations, non des contraintes. La contrainte implique une absence de choix et l'impossibilité d'agir autrement. L'obligation, elle, peut être transgressée.** Si je suis contraint de rester enfermé dans une cellule, je peux en revanche, de fait, ne pas secourir celui qui est dans le besoin. La charité est un devoir qui m'oblige, mais que je peux ignorer. La morale, ainsi, suppose la liberté : la réalisation de l'obligation (l'action morale) vient du sujet lui-même, non d'une contrainte externe.
- **L'autonomie est à distinguer de l'indépendance.** Être indépendant, c'est se suffire à soi-même, d'un point de vue matériel, sans forcément être moral. En revanche, est autonome celui qui obéit aux principes d'ordre moral et sait se limiter de lui-même.
- **Être immoral, c'est aller à l'encontre de la morale, et faire le mal.** En revanche, **être amoral, c'est être indépendant de la morale**, ne pas être en lien avec elle (ainsi, pour **Machiavel**, la politique est amorale, se détache de la morale, ce sont deux domaines bien distincts) → œuvre-clé, p. 47.

2 En quoi consiste le bien ?

A Le plaisir

- On nomme « **hédonistes** » les doctrines qui font du plaisir le souverain bien. La morale épicurienne, ainsi, voit dans un usage raisonné des plaisirs le moyen de bien vivre. Cela suppose de vivre selon sa nature, en évitant les tensions du désir et toute souffrance. Dans ce but, **Épicure distingue trois sortes de désirs** :

1. Les **désirs vains** (par exemple, le désir de richesse) sont source d'angoisse, ils ne sont ni naturels (ne répondent pas aux besoins de notre nature) ni nécessaires (nous pouvons nous passer de les satisfaire). Ils doivent être abolis : désirer toujours davantage n'est que source de désarroi et de troubles.
2. Les **désirs naturels et non nécessaires** (par exemple, le désir d'un plat savoureux) sont à satisfaire avec prudence et modération.
3. Les **désirs naturels et nécessaires** (par exemple, la faim) doivent être satisfaits.

- Il s'agit donc d'**atteindre le bonheur par une simplification de la vie**, en renonçant à tout ce qui est vain et superflu. La morale vise ici le bonheur.

B La vertu

- Pour les **stoïciens**, le bien consiste dans l'exercice de la vertu. Il faut **vivre en accord avec la nature et maîtriser ses passions**, véritables maladies de l'âme. Le sage stoïcien doit comprendre et accepter la nécessité qui règne dans la nature. Le stoïcisme propose donc une morale **ascétique**, supposant une maîtrise des penchants les plus bas.

> **Lexique**
> Est **ascétique** une vie austère, qui se prive de tout plaisir superflu.

- Quant à **Aristote**, il **considère le bonheur comme le souverain bien**. Tout homme cherche à être heureux. Pour être heureux, il faut être vertueux, c'est-à-dire vivre en accord avec son essence. Or, le propre de l'homme étant la raison, la vie vertueuse est une vie conforme à la raison, axée sur le juste milieu, sans excès ni défaut. Par exemple, le courage est une vertu dont l'excès est la témérité et le défaut la lâcheté.

- Toute morale antique se donne pour fin de bien vivre et ne constitue pas une fin en soi. **Kant** montrera qu'une action vertueuse l'est en elle-même, lorsqu'elle provient de la bonne volonté, et non en fonction de ses conséquences. Seule l'intention compte : **une action morale est faite simplement par devoir, par respect pour la loi morale, et non en vue du bonheur**.

Pourquoi l'homme fait-il son devoir ?

14

Lue Relue Apprise

Si l'homme a une conscience morale, c'est parce qu'il a conscience du mal et de l'écart qui existe entre ce qui est et ce qui devrait être. Mais sur quoi cette représentation du devoir-être se fonde-t-elle ?

1 Les deux sources de la morale selon Bergson

• Pour **Bergson**, nous devons distinguer deux sources de l'acte moral, et donc deux morales différentes :

La morale sociale (morale « close »)	La morale véritable (morale « ouverte »)
Elle trouve sa source dans la pression sociale, dans la nécessité, pour la société, de maintenir son ordre. Elle est fondée sur l'instinct social naturel.	Elle est fondée sur le sentiment moral d'admiration du héros dont l'action dépasse les frontières du groupe et vise l'homme en général.
L'obligation est vécue comme une nécessité à laquelle on obéit par habitude.	L'obligation est accomplissement de soi en tant qu'être humain.
La morale n'a pas ici de vraie justification, elle a une origine, mais pas de véritable fondement.	La morale relève d'un élan d'amour envers l'humanité et vise ici à l'universalité.

• La morale close apparaît comme pression, source de soumission de l'individu à la société et à son ordre, elle unit un groupe souvent par opposition à un autre et relève de la particularité dans laquelle la valeur de l'humain n'est pas reconnue pour elle-même.

• En revanche, la morale ouverte est expression de la liberté de l'homme et provient du sentiment d'obligation que nous ressentons devant tout être humain, qu'il appartienne ou non à notre culture.

2 La morale kantienne : une morale du devoir

• Pour **Kant**, la morale ne peut se fonder sur le sentiment, qui relève de la subjectivité et de la particularité. Elle suppose la raison par laquelle nous accédons à l'universel.

• Kant s'oppose aux morales du bonheur érigées par les philosophes antiques (stoïciens, épicuriens, Aristote...), qui prétendent que la vie vertueuse est une vie heureuse, et relèvent d'**impératifs hypothétiques**. Un impératif est hypothétique quand il vise une fin, quand il est conditionné, et s'exprime sous la forme suivante : « si tu veux ceci (être heureux), alors agis de telle manière ». Or, d'une part, il n'y a rien de moral à vouloir son propre bonheur, et d'autre part, faire son devoir ne rend pas forcément heureux. La moralité doit donc être distincte de la recherche du bonheur.

- Être moral, c'est plutôt obéir à **l'impératif catégorique**, impératif purement moral qui dit « tu dois », et ce, quelles que soient les circonstances (il est inconditionné). Il exprime alors l'universalité de la loi morale. La première formulation de l'impératif catégorique est : **« Agis comme si la maxime de ton action devait être érigée par ta volonté en loi universelle de la nature. »**
- L'action moralement bonne est d'abord l'action désintéressée, l'action accomplie avec **bonne volonté**, par pur respect pour la loi morale, indépendamment de tout mobile sensible. Il faut donc distinguer la **légalité** de l'action et sa **moralité** : est **légale** l'action qui est **conforme au devoir**, mais elle peut être immorale si elle est accomplie en vue d'intérêts sensibles (par exemple, un commerçant honnête qui ne l'est que parce qu'il sait qu'il ne peut garder ses clients qu'à ce prix) ; est **morale** l'action qui n'est accomplie que **par devoir**, par seul respect (sentiment rationnel) pour la loi morale.

3 Une morale aux origines douteuses ?

- **Nietzsche** critique la morale judéo-chrétienne et en fait la **généalogie**. Cette morale, qu'il conçoit comme la morale des esclaves, est **issue du ressentiment des faibles envers les forts**, et trouve son origine dans un sentiment qu'elle juge elle-même immoral : la haine.
- La morale des faibles ne se crée que par inversion des valeurs aristocratiques, elle est profondément négative, incapable d'affirmer positivement de nouvelles valeurs : le faible, auparavant considéré sous un jour négatif, est devenu bon, alors que le fort est toujours soupçonné d'être mauvais.
- L'ascétisme ne vise qu'à abêtir le troupeau, à généraliser l'instinct grégaire qui permet la domination sans entrave du christianisme. Pour se consoler de leurs souffrances, les faibles ont inventé un autre monde : un paradis laissant espérer un bonheur possible au-delà de la vie et un enfer réfrénant les instincts qui expriment pourtant la vie même.
- Pour Nietzsche, le bien est ce qui accroît le sentiment de puissance, non l'humilité et le mépris de soi.

Lexique

Faire la **généalogie** de la morale consiste à en dévoiler les origines, à montrer comment elle est apparue.

Mill, *L'Utilitarisme*

Œuvre-clé

Publié en 1861, cet ouvrage expose une conception utilitariste de la morale et montre que l'utilitarisme ne se réduit pas à un calcul froid, égoïste et inhumain, mais peut être conçu comme fondateur d'une morale altruiste.

L'auteur

- Fils de James Mill, philosophe anglais qui était ami avec Jeremy Bentham, le fondateur de l'utilitarisme*, John Stuart Mill, fut initié très tôt à cette **philosophie qui fonde la morale sur le bonheur**.
- Soumis à un père autoritaire, privé des joies de l'enfance au profit de l'étude, John Stuart Mill fit une dépression lorsqu'il osa se dégager de son emprise. Au terme de cette crise, **il se lie avec Auguste Comte, puis avec Alexis de Tocqueville**. Il découvre l'amour et décide de développer un utilitarisme plus altruiste que celui de Bentham. Il rédige de nombreuses œuvres, dont les *Principes d'économie politique* (1848), l'essai *Sur la liberté* (1859), et *L'Utilitarisme* (1861).
- Militant, élu au parlement de Westminster, **il défend les droits des femmes et des minorités**.

Problématique générale de l'œuvre

- John Stuart Mill est l'un des plus illustres représentants de l'utilitarisme. **Héritier des thèses de Jeremy Bentham, il s'écarte néanmoins de son maître en ce qu'il conçoit un utilitarisme altruiste**, non fondé sur l'intérêt particulier de l'individu, mais sur le bien commun. Sera moral ce qui procure le plus de bonheur au plus grand nombre de personnes.

Thèses essentielles

- **L'utilité, critère de la moralité.** Quel est le critère qui permet de dire qu'une action est morale ou immorale ? Est moral, bon, ce qui est utile, c'est-à-dire ce qui contribue au bonheur du plus grand nombre. Le bonheur est donc, chez Mill, un critère de moralité : c'est parce qu'une action procure du bonheur qu'elle est morale, et non l'inverse, ainsi que le concevaient les morales antiques. Pour Aristote, en effet, c'est parce qu'une action est morale qu'elle est source de bonheur.

- Mill renverse le rapport bonheur-morale et construit une philosophie conséquentialiste*. **La moralité dépend des conséquences de l'action, et non, comme chez Kant, de l'intention**. L'utilitarisme propose ainsi une troisième conception de la morale qui se distingue de l'éthique de la vertu (morales antiques) et du déontologisme* (morale fondée sur le respect du devoir, comme la morale kantienne).
- **Des qualités différentes de plaisir.** Le bonheur n'est pas un absolu mais se comprend en degrés : il consiste dans une vie faite de beaucoup de plaisirs et de peu de douleurs.
- Mais le plaisir ne s'évalue pas que par sa quantité, il se mesure surtout à sa qualité. **Il y a deux genres de plaisirs : supérieurs et inférieurs**. Sont de qualité supérieure les plaisirs qui relèvent des facultés supérieures de l'individu, des facultés de l'esprit. Sont inférieurs les plaisirs simplement charnels, liés au corps. Ces derniers ne procurent qu'une basse satisfaction, alors que les plaisirs de qualité supérieure sont sources de bonheur et d'une vie digne : « Il vaut mieux être un homme insatisfait qu'un porc satisfait ; il vaut mieux être Socrate insatisfait qu'un imbécile satisfait. »
- Par ailleurs, **ce n'est pas l'intérêt personnel de chaque individu qui doit être recherché en premier lieu, mais l'intérêt général** : Mill développe un utilitarisme altruiste qui considère le dévouement de l'individu au bonheur d'autrui comme la plus haute vertu.
- **Il faut distinguer la satisfaction** (absence de manque d'un point de vue corporel) **et le bonheur** (jouissance de plaisirs supérieurs).
- **Le bonheur n'est pas parfait** : l'être intelligent sait ce qui lui manque, mais il préfère le savoir plutôt que d'être ignorant et de se contenter de plaisirs de bêtes.

Les concepts clés

- **Utilitarisme :** doctrine qui prend pour critère de moralité le bonheur.
- **Conséquentialisme :** doctrine morale qui considère qu'une action est morale ou non en fonction de ses conséquences.
- **Déontologisme :** doctrine qui considère comme morale l'action faite par devoir, indépendamment de ses conséquences (Kant).

L'État

Lue Relue Apprise

15

Qu'est-ce qu'un État, et à quelles conditions est-il légitime ?

1 Définitions et distinctions

A Les divers sens du mot « État »

- L'État désigne d'abord **l'ensemble des individus soumis à des lois et** à **une autorité communes.** Un État est une société politiquement organisée possédant une autorité souveraine. On parle ainsi de l'État français, de l'État allemand...
- Il renvoie également à **l'autorité politique, le gouvernement et l'ensemble des institutions chargées de faire régner cette autorité** (institutions politiques, militaires, juridiques, administratives...).

B Distinctions essentielles

- **Hegel** distingue **la société civile** de l'État : la première relève de la sphère économique et chacun y recherche son propre intérêt, d'où la présence de conflits et d'une concurrence importante. Le second, relevant de la sphère publique, réalise une unité supérieure. Il est l'institution visant un intérêt collectif (et non la somme des intérêts particuliers).
- Une **nation** est une communauté politique dont les membres sont liés par une histoire, une culture, des valeurs communes. On peut donc concevoir que des États récents ne soient pas encore des nations. **Ernest Renan** définit ainsi la nation : « Une nation est une âme, un principe spirituel. Deux choses qui, à vrai dire, n'en font qu'une, constituent cette âme, ce principe spirituel. L'une est dans le passé, l'autre dans le présent. L'une est la possession en commun d'un riche legs de souvenirs ; l'autre est le consentement actuel, le désir de vivre ensemble, la volonté de continuer à faire valoir l'héritage qu'on a reçu indivis. » (*Qu'est-ce qu'une nation ?*).

2 Origine et fin de l'État

A Une origine naturelle

- **Aristote** définit l'homme comme étant par nature un « animal politique ». En effet, il possède la parole qui lui permet de débattre du juste et de l'injuste et ainsi d'élaborer des lois organisant la société. Or, « la nature ne fait rien en vain » : la conception finaliste d'Aristote l'amène à conclure que l'homme est destiné à vivre avec d'autres dans une société politiquement organisée. La cité est le lieu naturel de l'accomplissement de l'humanité, à condition d'être bien gérée, de viser l'intérêt commun. Si les hommes vivent ensemble dans la cité, c'est en vue du bonheur.

B La politique comme remède au conflit

● Le caractère naturel de l'État a largement été remis en cause par les théoriciens du contrat social. On peut en effet considérer que, si la politique existe, c'est parce que les hommes vivant en société ont besoin d'un pouvoir régissant leurs coexistences. Ainsi, les théoriciens de l'état de nature (état fictif dans lequel se trouve l'homme avant la mise en place de toute institution) ont-ils montré que, sans institution politique, règne la « guerre de tous contre tous » (**Hobbes**, *Léviathan*). Si, par nature, « l'homme est un loup pour l'homme », ainsi que l'affirme **Hobbes** en mettant en évidence le penchant de chacun à considérer avant tout ses intérêts privés, il apparaît nécessaire de mettre en place un pouvoir garantissant à chacun la sécurité et mettant fin à la loi du plus fort.

● L'État reposerait alors sur un **contrat** dans lequel chacun, conscient de ses intérêts, abandonne ses droits à un tiers, le Prince, chargé alors de faire régner la paix civile au sein de l'État. Ainsi Hobbes justifie-t-il l'absolutisme : en vue de la sécurité, chacun se soumet au pouvoir souverain du Prince.

C Le problème de la légitimité de l'État

● **Rousseau** s'oppose à une telle conception du pouvoir politique : l'on ne peut vouloir devenir membre d'un État qui nie ainsi la liberté inaliénable de l'homme. Le contrat ne sera donc légitime que s'il relie tous les membres de l'État, y compris ceux qui représentent le peuple : la **démocratie** s'impose comme régime légitime en tant que c'est le peuple qui exerce la **souveraineté**, et non un maître. Les magistrats ne sont que les représentants du peuple. Les lois qui régissent la vie de chacun doivent alors être l'expression de **la volonté générale**, non celle d'un homme ou d'un groupe d'hommes. La fin de l'État n'est pas tant la sécurité que la garantie de la **liberté** comprise comme non soumission à autrui.

> **Lexique**
> **Souveraineté** : autorité suprême.

● Le pouvoir politique, dès lors, ne peut venir de la force : cette dernière est d'ordre physique, et ne peut justifier l'obéissance, le devoir, qui sont d'ordre moral. Si les citoyens s'obligent à obéir, ils ne peuvent être contraints de le faire. Il faut distinguer **autorité** (légitime) et **domination** (illégitime et temporaire).

La politique

16

Lue Relue Apprise

La philosophie politique étudie les modes de gouvernement des États et leur légitimité. Mais la politique est aussi une activité qui suppose un certain savoir-faire.

1 Définitions et distinctions conceptuelles

A Définitions premières

- Du grec *polis* qui signifie « cité », la politique désigne, soit :

1. l'activité qui consiste à gérer les coexistences par le biais des lois et des institutions ;
2. l'art de gouverner la cité, l'État. Elle est alors comprise comme un **savoir-faire** ;
3. la **science** qui concerne la gestion de l'État. Elle est alors un domaine de réflexion au même titre que l'esthétique (réflexion sur l'art) ou l'épistémologie (réflexion sur les sciences).

- Le problème est alors de savoir si l'on peut envisager l'existence d'une telle vision rationnelle de la politique (ainsi que le fait **Platon** dans *La République*), ou si la politique relève toujours d'un savoir-faire devant s'adapter à chaque cas particulier et donc non universalisable, ainsi que l'envisage **Machiavel** dans *Le Prince*.

B Distinctions essentielles

- La sociologie distingue l'ensemble des institutions d'ordre politique de ce qui relève de la sphère économique :

Politique	Économie
Gestion du domaine public	Gestion du domaine privé
But : paix civile ; gouvernement de l'État	But : enrichissement ; gestion des biens

- Néanmoins, de fait, le gouvernement se voit souvent obligé d'intervenir dans le domaine économique pour assurer l'équilibre des forces sociales et la paix civile (lors d'oppositions syndicales et patronales, par exemple).

- **La politique se distingue de la morale**. La morale vise le Bien, alors que la politique vise l'ordre dans l'État et l'instauration d'un tel ordre suppose parfois que l'on emprunte des chemins différents de celui de la moralité. Si, pour **Platon**, le pouvoir politique exercé par les philosophes rois doit se fonder sur l'Idée de Bien et de Justice, et si pour **Aristote**, la politique doit favoriser l'avènement de la vertu, il n'en reste pas moins qu'elle doit parfois user de stratagèmes, de ruse pour parvenir à ses fins, ainsi que l'affirme **Machiavel**.

2 La politique : art ou science ?

A La politique comme science

- Si la politique est une science, c'est qu'elle relève d'un **savoir théorique universalisable** et donc **applicable indépendamment des circonstances historiques**. Une science politique permettrait alors d'agir efficacement en tout temps et en tout lieu, elle offrirait les clés de la réussite en matière de gestion de l'État. La politique suppose en outre, comme toute science, raisonnement, logique, rigueur de la pensée. On enseigne d'ailleurs les « sciences politiques ».
- **Platon**, dans *La République*, semble définir la politique avant tout comme une science : concevant les conditions de la cité idéale, il fait des philosophes, détenteurs du savoir concernant le Bien et la Justice, les nécessaires dirigeants d'une telle cité organisée en trois classes distinctes : les philosophes-rois qui gouvernent, les gardiens de la cité qui pourvoient à sa sécurité, et les producteurs à ses besoins. Chacun assurant sa fonction, l'ordre règne dans la cité et incarne la justice.

B L'art de gouverner

- Mais l'on parle aussi de « scène politique », rapprochant politique et art : la politique ne peut faire abstraction du réel, et doit composer avec des **situations particulières** peu universalisables et donc peu propices à relever de principes théoriques.
- Ainsi, **Machiavel** conçoit la politique comme un art, un savoir-faire consistant à conserver le pouvoir, fut-ce au prix de la moralité. En tant que technique, elle vise l'**efficacité**, non le bien. Le but premier du prince est d'établir et de conserver l'ordre au sein de l'État, de stabiliser son pouvoir.
- Dès lors, toute norme morale pouvant déstabiliser le pouvoir doit être abolie. Le prince doit savoir user de la violence et de la **force** (agir comme le **lion**) mais aussi de **ruses** (comme le **renard**) pour conquérir et stabiliser l'État. La fin justifie alors les moyens. (➜ œuvre-clé, p. 47)

citation

« Que le prince songe donc uniquement à conserver sa vie et son État : s'il réussit, tous les moyens qu'il aura pris seront jugés honorables et loués par tout le monde. » Machiavel, *Le Prince*.

Kant, *Idée* d'une histoire universelle d'un point de vue cosmopolitique*

Œuvre-clé

Écrit en 1784, cet opuscule s'interroge sur le sens du devenir historique et sur la valeur de la croyance au progrès de l'humanité.

L'auteur

- **Emmanuel Kant** (1724-1804), philosophe prussien, eut une vie sédentaire et rigoureusement réglée.
- Professeur d'université, il renouvelle la philosophie par son œuvre conséquente, et reste une référence incontournable.
- **Œuvres principales** : *Critique de la raison pure* (1781, 2nde édition en 1787), *Fondements de la métaphysique des mœurs* (1785), *Critique de la raison pratique* (1788), *Critique de la faculté de juger* (1790), *La Religion dans les limites de la simple raison* (1793).

Problématique générale de l'œuvre

- Une question : peut-on penser qu'un sens est à l'œuvre dans l'histoire ? A-t-on raison de croire au progrès moral de l'humanité, ou doit-on désespérer de l'homme devant le spectacle chaotique et absurde des événements ?
- Un constat : dans l'histoire, « à côté de quelques manifestations de sagesse ici ou là [...], on ne trouve pourtant dans l'ensemble, en dernière analyse, qu'un tissu de folie, de vanité puérile, souvent même de méchanceté et de soif de destruction. »
- Une thèse : un optimisme naïf consisterait à nier le mal alors que le pessimisme conduirait à désespérer de l'homme et finalement à accepter l'existence du mal. Face à ces deux positions, Kant montre la nécessité de faire l'hypothèse qu'il existe une cohérence à l'œuvre dans l'histoire.

Thèses essentielles

- **L'idée de progrès : un espoir profitable**

Le progrès* ne peut être affirmé ni démontré, mais il est nécessaire de le postuler, de l'espérer pour donner sens aux actions humaines.

C'est dans la **nature** que Kant voit le principe moteur du progrès : tout arrive comme si la nature avait un plan secret. Ôtant à l'homme tout instinct, elle ruse et le force à progresser. Elle vise l'avènement de comportements individuels raisonnables et la **paix universelle**, entente générale entre les peuples, par l'instauration d'une « société des nations » administrant universellement le droit.

Kant, *Idée* d'une histoire universelle d'un point de vue cosmopolitique*

Œuvre-clé

● **L'insociable sociabilité**

La nature a fait de l'homme un être caractérisé par son « insociable sociabilité » : d'une part, il ne peut vivre seul, mais d'autre part, il refuse les contraintes, rechigne à restreindre sa liberté pour vivre en société et cherche à ce que tout aille dans son sens. Chacun, pour défendre ses intérêts, est poussé à développer ses dispositions naturelles. Cet antagonisme est le moyen par lequel la nature amène l'homme à développer la culture, la société, et, finalement, la moralité.

● **La politique internationale**

Les rapports entre États connaissent le même mécanisme : la guerre, que Kant prédit mondiale, mène à de tels dangers que les États se verront obligés de s'associer par des normes internationales afin d'instaurer une paix universelle.

Citation : « Une tentative philosophique pour traiter l'histoire universelle selon un plan de la nature qui vise à l'unification politique parfaite dans l'espèce humaine doit être considérée comme possible, et même comme favorable à ce dessein de la nature. »

● **Plan de l'œuvre**

– **Introduction** : présentation du projet.
– **Propositions 1 à 3** : idée d'une perfectibilité de l'espèce humaine sur le plan biologique.
– **Proposition 4** : idée d'une perfectibilité humaine sur le plan social.
– **Propositions 5 à 7** : idée d'un progrès en matière de politique intérieure et internationale.
– **Propositions 8 et 9** : conclusion sur l'utilité du projet.

Les concepts clés

● **Progrès** : évolution positive des facultés humaines, notamment de la raison, laquelle vise la moralité. Le progrès implique le développement de l'éducation et de la liberté.

● **Idée :** « concept rationnel nécessaire auquel ne peut correspondre aucun objet donné par les sens » (*Critique de la raison pure*). On peut seulement élaborer une idée d'une histoire universelle conçue comme progrès, car elle n'est pas donnée empiriquement (il n'y a que des histoires particulières, dans l'expérience). Le progrès est l'objet d'un espoir, non celui d'une connaissance scientifique.

Machiavel, *Le Prince*

Œuvre-clé

Face à une Italie déchirée, Machiavel veut penser la possibilité de la fondation d'un État unique et fort. Toute sa philosophie s'axe sur ce projet politique que présente *Le Prince*.

L'auteur

- Nicolas Machiavel (1469-1527) est un haut fonctionnaire chargé de missions diplomatiques dans une Italie ravagée par la guerre civile.
- Soupçonné à tort de comploter contre une autorité politique nouvelle, il est torturé, temporairement emprisonné, et entre en disgrâce.
- Sa retraite des affaires publiques sera pour lui l'occasion d'écrire son œuvre maîtresse, *Le Prince*.

Problématique générale de l'œuvre

- Machiavel élabore dans cet ouvrage une nouvelle conception de la politique : pour lui, elle est indépendante de la morale et de la religion et relève plus de l'art que de la science.
- Comment unifier et stabiliser l'État* ? Quels sont les mécanismes qui permettent de se maintenir au pouvoir ?

Thèses essentielles

- **Une nouvelle conception de la politique**

La conception médiévale du pouvoir politique comme garant de la moralité et de la spiritualité religieuse est remise en cause par Machiavel. **L'autorité politique n'a pas à être fondée sur la religion**, elle acquiert, avec lui, son autonomie.

- **Une politique séparée de la morale**

– Le prince ne doit se soucier que d'une chose : établir et conserver l'ordre au sein de l'État, stabiliser son pouvoir. Par conséquent, toute norme morale susceptible d'entraver ou de fragiliser son pouvoir doit être abolie.
– Néanmoins, Machiavel ne fait pas l'éloge de l'immoralisme. Il ne considère pas le prince comme devant mentir, opprimer, répandre le mal pour le mal... Seulement, lorsqu'une décision est à prendre, c'est l'intérêt de l'État qui doit permettre de trancher, non la morale. **Morale**

et politique relèvent de deux domaines strictement distincts. La politique doit être moralement neutre, **amorale**.
– Le prince doit, comme le lion, savoir user de la violence et de la force. Comme le renard, il doit également savoir ruser pour conquérir et stabiliser l'État. Le politique valeureux est celui qui sait agir à propos, au bon moment, celui qui fait preuve d'audace, de courage, de détermination et de prudence. Telle est sa vertu*.
Citation : « On peut combattre de deux manières : ou avec les lois, ou avec la force. La première est propre à l'homme, la seconde est celle des bêtes ; mais comme souvent celle-là ne suffit point, on est obligé de recourir à l'autre : il faut donc qu'un prince sache agir à propos, et en bête, et en homme. »

● **La politique : un art dans lequel la fin justifie les moyens**

– Machiavel met en évidence le caractère technique de la politique. Les circonstances varient, et le politique doit savoir s'adapter à la conjoncture, se détacher de règles strictes qui pourraient dans certaines circonstances s'avérer inefficaces ou dangereuses.
– En politique, **la fin justifie les moyens**. La fin : la stabilité et l'unité de l'État. Les moyens : tous ceux qui seront nécessaires, même s'ils sont contraires à la morale. Ce qui compte, c'est l'État, et l'on doit être prêt à tout lui sacrifier.
– La politique doit permettre de garantir l'intégrité de la République et de repousser toute ingérence étrangère. Mais Machiavel est réaliste : **le droit** ne peut être le fondement du pouvoir politique, c'est **la force qui conquiert le pouvoir et introduit ensuite le droit**.
– Certes, l'État et les lois garantissent la **liberté**. Mais dans un monde déchiré, la liberté n'est jamais que ce qui résulte de l'élaboration du droit par celui qui sait s'imposer et rassembler.

Les concepts clés

● **L'État** apparaît sous la plume de Machiavel pour la première fois dans l'histoire comme le pouvoir souverain qu'incarne le prince, garant de l'unité et de la pérennité des institutions.

● **La virtú** (que l'on traduit par « vertu », mais qui n'a pas de connotation morale) est la valeur de l'homme politique, sa capacité à imposer sa volonté à la **fortune** (le cours aléatoire des événements), à réduire la part de l'imprévisible et à composer avec les circonstances particulières.

L'inconscient

17

Lue Relue Apprise

Au début du XXe siècle, Freud met en évidence l'existence de forces psychiques inconscientes.

1 Distinguer « l'inconscient » de « ce qui est inconscient »

- **Tout phénomène inconscient ne provient pas de l'inconscient**. Par exemple, la respiration est un phénomène la plupart du temps « inconscient », c'est-à-dire « dont on ne se rend pas compte , qui échappe à la conscience », mais qui n'a pas pour autant sa source dans l'inconscient.
- L'inconscient désigne, selon Freud, **une partie de notre esprit inaccessible à la conscience, active et incontrôlée**. Freud s'oppose donc à l'idée classique selon laquelle notre vie psychique se réduit aux phénomènes mentaux dont nous avons conscience.

2 La structure du psychisme selon Freud

A Première élaboration du système psychique

La première topique élaborée par Freud considère l'esprit humain comme formé de trois étages :

- **le conscient** : ce que nous avons actuellement à l'esprit ;
- **le préconscient** : ce qui n'est pas actuellement conscient mais peut le devenir ;
- **l'inconscient** : partie dynamique constituée du refoulé (ce qui est maintenu hors du champ de la conscience, ce que l'on ne veut pas s'avouer à soi-même). Il serait enfoui au plus profond de nous-mêmes, d'où la représentation sous forme d'étages.

Lexique

Topique, du grec *topos*, « lieu » : répartition des éléments de l'esprit selon une métaphore spatiale. L'esprit serait divisible en trois zones, que Freud compare à trois pièces d'un appartement.

B Seconde élaboration du système psychique

Face à des difficultés d'ordre théorique, Freud élabore une seconde topique, dans laquelle l'inconscient ne désigne plus une partie du système, mais ce qui qualifie certaines de ses parties. Le psychisme se divise en trois instances, trois pôles :

- **Le Ça** : pôle pulsionnel, totalement inconscient de l'esprit, constitué de **pulsions, de souvenirs et de désirs refoulés** (maintenus hors du champ de la conscience parce qu'ils entrent en conflit, notamment, avec le Surmoi). Il est gouverné par le **principe de plaisir** : désir de satisfaire tous ses désirs le plus vite possible sans se préoccuper de leur réalisme ni de leurs conséquences.

- **Le Surmoi** : constitué de l'intériorisation inconsciente des interdits parentaux moraux et sociaux, c'est l'instance par laquelle se prolonge l'influence parentale. Il empêche l'accomplissement et la prise de conscience de nos désirs lorsqu'ils ne sont pas convenables.
- **Le Moi** : constitué de la conscience et de mécanismes inconscients, il **s'efforce de concilier les intérêts contradictoires du Ça et du Surmoi tout en tenant compte de la réalité.** Il doit maintenir l'équilibre psychique.
- **L'inconscient** n'est plus une partie du système psychique, mais devient **un adjectif qui qualifie le Ça,** ainsi qu'**une partie du Surmoi et du Moi.**

3 Les rêves, manifestations de l'inconscient

- L'inconscient se manifeste chaque jour au travers des **actes manqués** (lapsus, oublis...) : nous ne maîtrisons pas tous nos actes et pensées, ils disent quelque chose de nous sans que nous le voulions.
- Par **l'analyse des rêves,** on comprend comment fonctionne l'esprit. Deux éléments sont à distinguer dans le rêve :

– **le contenu manifeste** : ce que l'on retient du rêve, l'histoire.

– **le contenu latent** : le désir ou le souvenir inconscient qui se manifeste à la conscience de manière travestie, afin d'échapper à la censure. Ce que signifie le rêve.

- Le rêve, manifestation symbolique du refoulé, nécessite donc une **interprétation**.

4 Les apports de la psychanalyse

- **Freud** met au point une méthode thérapeutique, la **psychanalyse**, par laquelle l'on apprend à cerner plus ou moins les racines inconscientes de nos comportements, et à vivre avec.
- **Tout phénomène psychique a un sens**, même ceux qui semblent désordonnés. L'**enfance** joue un rôle prépondérant dans la formation de la personnalité. Pour le psychanalyste, **je suis ce que mon passé m'a fait**.
- Le **langage joue un rôle de premier plan** : tout le travail de la cure psychanalytique repose en effet sur la parole du patient. C'est en parlant que l'on prend plus ou moins conscience de ce qui était auparavant inconscient.

L'inconscient : conséquences et limites de la théorie freudienne 18

Lue Relue Apprise

Ce sont surtout les conséquences de la théorie de l'existence de l'inconscient qui amènent le philosophe à s'interroger : quelles sont-elles ? N'y a-t-il pas des limites à cette théorie ?

1 Conséquences de la théorie de Freud

A L'inconscient : une épreuve pour le sujet ?

Freud conçoit lui-même sa découverte comme la troisième découverte scientifique qui, au cours de l'histoire, inflige à la mégalomanie humaine un grave démenti :

- Le premier démenti fut le fait de **Copernic** (1473-1543) qui, par la théorie de l'héliocentrisme, montre selon Freud que « la terre, loin d'être le centre de l'univers, ne forme qu'une parcelle insignifiante du système cosmique » (*Introduction à la psychanalyse*).
- La seconde théorie qui remet en cause la grandeur de l'homme est celle de **Darwin** (1809-1882) et **Wallace** (1823-1913) : il s'agit de la théorie de l'évolution qui « réduit à rien les prétentions de l'homme à une place privilégiée dans l'ordre de la création, en établissant sa descendance du règne animal » (*Ibid.*).
- Enfin, « un troisième démenti sera infligé à la mégalomanie humaine par la recherche psychologique de nos jours qui se propose de montrer au moi qu'il n'est seulement pas maître dans sa propre maison. » (*Ibid.*).

B Le problème de la connaissance de soi

- Selon Freud, la plupart des actes et des pensées du sujet proviennent d'une source cachée en lui. L'Inconscient déterminerait la conscience. On ne serait alors **pas maître de soi-même**, il serait difficile de se maîtriser, et plus encore de se comprendre ou de se connaître.

citation

« Le moi n'est pas maître dans sa propre maison. »
Freud, *Essais de psychanalyse appliquée*.

- Cependant, **la cure psychanalytique** permet de mieux se connaître et se comprendre. En effet, prendre conscience que l'on a un inconscient, c'est déjà avancer vers une meilleure connaissance de soi.

C Le problème de la liberté

- Si c'est la conscience qui fait du sujet un être autonome, capable de se maîtriser lui-même, et donc d'être libre, la notion d'inconscient semble remettre en cause l'idée même de **liberté**, de maîtrise de soi.

L'inconscient : conséquences et limites de la théorie freudienne

• **Sartre** critique, sans la réfuter totalement, la notion d'inconscient : ce serait faire preuve de **mauvaise foi** que d'imputer toute action à l'inconscient afin de se déculpabiliser.

• Mais **Freud** n'appelle pas à une attitude déculpabilisante et irresponsable (qui consisterait à dire : « ce n'est pas de ma faute, c'est « l'autre en moi » qui est cause de telle mauvaise action ») : le sujet a à vivre et à composer avec lui-même, il garde sa part de **responsabilité**.

Lexique

La mauvaise foi, selon Sartre, consiste à se mentir à soi-même pour éviter l'angoisse suscitée par la prise de conscience de notre condition.

2 Limites de l'explication par l'inconscient

• Le statut de la théorie freudienne pose problème. Pour Freud, c'est une théorie **scientifique** dans la mesure où elle semble prouvée expérimentalement : elle permet d'expliquer un grand nombre de phénomènes inexplicables autrement (rêves, hypnose, actes manqués...), et la cure psychanalytique donne des résultats (amélioration de la vie mentale).

• Cependant, on peut reprocher à la psychanalyse de fonder sa théorie de l'inconscient sur une **hyper sémantisation** (c'est-à-dire l'attribution d'une signification à tout fait considéré). Ainsi, **Alain** y voit une idolâtrie des signes : « Le freudisme, si fameux, est un art d'inventer en chaque homme un animal redoutable, d'après des signes tout à fait ordinaires. » (*Éléments de philosophie*).

• Cette hyper sémantisation fait de la psychanalyse un système interprétatif, ou herméneutique, qui en tant que tel apparaît infalsifiable, c'est-à-dire irréfutable. C'est précisément ce critère de **falsifiabilité** que **Popper** considère comme **le critère de scientificité**. Or, la théorie de l'inconscient ne le respecte pas : en effet, *tout* peut être expliqué par elle, et l'on ne peut imaginer un fait qui, s'il se produisait, remettrait en cause la théorie de l'inconscient.

• La psychanalyse peut donc être considérée comme une **interprétation, une herméneutique**, un savoir possible sur l'inconscient, une thérapeutique efficace. Mais ce n'est pas une **science** à proprement parler : l'objet étudié (l'inconscient) n'est connu que par des manifestations (symptômes) symboliques qu'il faut **interpréter**.

Freud, *Sur le rêve*

Œuvre-clé

Publié en 1901, cet essai qui résume *L'Interprétation des rêves* (1899) peut être considéré comme une introduction à la psychanalyse.

L'auteur

- Né en Moravie dans une famille juive, Sigmund Freud vécut dès 1860 à Vienne. Diplômé de médecine en 1881, **il se spécialise dans l'étude du système nerveux. Initié à la méthode cathartique par le professeur Charcot**, qui tente de purifier l'esprit des malades hystériques en leur faisant raconter leurs souvenirs sous hypnose, **Freud poursuit ses recherches sur l'hystérie avec le docteur Breuer**, célèbre neurologue. Tous deux publient en 1895 les *Études sur l'hystérie*.
- **Freud voue sa vie à la psychanalyse** et publie le résultat de ses recherches dans de nombreux ouvrages, dont *L'Interprétation des rêves* (1900), *Psychopathologie de la vie quotidienne* (1901), *Cinq leçons sur la psychanalyse* (1910), *Totem et tabou* (1913), *L'Avenir d'une illusion* (1927), *Malaise dans la civilisation* (1929).
- Menacé par la montée du nazisme, Freud s'exile définitivement en Angleterre en 1938. Il succombe en 1939 d'un cancer de la mâchoire.
- **Père de la psychanalyse**, méthode d'investigation des processus psychiques, Freud affirme l'existence de **l'inconscient*** au sein du psychisme. Constitué de l'ensemble des éléments refoulés*, c'est-à-dire maintenus hors de la conscience, ce dernier influerait sur les pensées et actes du sujet.

Problématique générale de l'œuvre

- Freud entend dans cet ouvrage clarifier le travail du rêve : que se passe-t-il quand nous rêvons ? **Comment interpréter rationnellement le rêve**, quelle méthode utiliser pour donner du sens à ce qui n'en a en apparence pas ? Freud nous présente la méthode psychanalytique à travers de nombreux exemples.

Thèses essentielles

- L'inconscient se manifeste chaque jour, entre autres au travers de ce que l'on nomme les **actes manqués** : lapsus, oublis... Tout a un sens caché, selon Freud : nous ne maîtrisons pas tous nos actes et pensées, ils disent quelque chose de nous sans que nous le voulions.

- Mais c'est surtout au travers de l'analyse des rêves que l'on peut comprendre comment fonctionne notre esprit. En effet, pour Freud, **le rêve est bien plus qu'une réaction cérébrale à des stimuli organiques ou sensoriels**, ainsi que le voudrait l'approche physiologique, **il est la manifestation et l'accomplissement de désirs inconscients refoulés**.
- Mais cet accomplissement est voilé : **on ne rêve pas directement du désir refoulé, il est symbolisé, mis en récit...** Ainsi, deux contenus sont à distinguer dans le rêve : le **contenu manifeste*** (ce que l'on retient du rêve, l'histoire, avec toutes ses incohérences et ses absurdités) et le **contenu latent*** (le désir ou le souvenir inconscient qui se manifeste à la conscience de manière symbolique, afin d'échapper à la censure).
- La **censure** (constituée par le souci des convenances, les idées morales) est un mécanisme inconscient qui refoule les désirs interdits à l'état de veille. Pour l'éviter, ces derniers s'exhibent dans le rêve de façon voilée, symbolique. **Le rêve nécessite donc une interprétation**. Interpréter le rêve, c'est défaire le « travail du rêve », lequel consiste à utiliser plusieurs mécanismes pour échapper à la censure : la dramatisation est la mise en récit des désirs inconscients ; la symbolisation consiste à remplacer un élément latent par un élément manifeste en fonction d'un rapport plus ou moins évident (par exemple, rêver de poissons peut renvoyer à un complexe sur son poids) ; la condensation consiste à symboliser plusieurs éléments latents par un seul élément manifeste. Tous ces mécanismes visent à voiler les désirs inconscients, et le travail de l'analyste consiste à en percer les secrets.

Les concepts clés

- **Inconscient :** part dynamique de notre esprit qui nous est directement inaccessible.
- **Refoulement** : mécanisme par lequel les désirs et souvenirs jugés inavouables sont enfouis dans l'Inconscient.
- **Contenu latent du rêve** : ensemble des désirs et souvenirs refoulés qui s'accomplissent dans le rêve.
- **Contenu manifeste du rêve** : l'histoire telle qu'on l'a rêvée, ce que l'on peut raconter de son rêve tel qu'il nous est apparu.

Qu'est-ce que la justice ? 19

Lue Relue Apprise

Le droit a pour but de mettre fin aux rapports de force, mais réalise-t-il pour autant nécessairement l'exigence de justice ?

1 Le double aspect de la justice

- On distingue deux définitions de la justice :

La justice comme institution de l'État chargée de faire respecter les lois en vigueur dans cet État.	**La justice comme valeur morale et vertu.** Faire preuve de justice, c'est agir en respectant l'égalité de tous.
Elle renvoie au **droit positif** (social) : ensemble des règles instituées, établies par les hommes, en vigueur dans une société.	Elle renvoie au **droit naturel** : ensemble des droits exigibles par la raison. Ce qui devrait être.
Elle définit ce qui est **légal** (conforme aux lois) et illégal.	Elle définit ce qui est **légitime**, juste moralement.
Elle est relative, change d'un lieu à un autre et d'une époque à l'autre.	Elle se veut universelle et invariable, fondée sur la nature humaine, la raison, ou encore la volonté divine.

2 Le droit, fondement de la justice ?

A Le positivisme juridique

- **Le droit positif varie d'une société à l'autre, ainsi que le fait remarquer Pascal** : « vérité en-deçà des Pyrénées, erreur au-delà ». Le droit est une affaire de coutume, de lieu, et ne se comprend que relativement au contexte historique dans lequel il s'inscrit. On a pu en conclure le caractère illusoire du droit naturel.
- **Le positivisme juridique, ainsi, affirme qu'aucun droit naturel n'existe au-delà du droit positif, que seules les lois fondent et définissent le juste.** Ce qui est légal est donc aussi ce qui est légitime, et être juste consiste à respecter les lois en vigueur dans la société. « On ne peut douter, je crois, que l'idée mère, l'élément primitif, dans la formation de la notion de justice, n'ait été la conformité à la loi », note **John Stuart Mill** (*L'Utilitarisme*).
- Intérêt de cette conception : elle soustrait l'idée de justice à des polémiques interminables et permet aux tribunaux d'opérer de façon efficace. **Le sort de chaque citoyen ne dépend pas des opinions de son juge, car celui-ci doit se borner à appliquer la règle édictée par le législateur.** **Alain** écrit en ce sens que « [...] ce qui est juste, c'est d'accepter d'avance l'arbitrage, non pas l'arbitrage juste, mais l'arbitrage » : **la justice est le respect de la loi et de son application, sans arbitraire ni déformation.**

Si les lois sont appliquées à tous sans exception et de la même manière, nous sommes alors prémunis contre les injustices possibles.

B Le droit naturel : une norme supérieure ?

- Cependant, lors des procès intentés contre les criminels nazis, l'argument selon lequel ces derniers n'avaient fait qu'obéir aux ordres semblait bien fragile. De fait, **nous constatons l'existence de lois qui nous insurgent, et le droit ne semble pas toujours légitime. Il paraît alors nécessaire de distinguer ce qui est légal** (conforme au droit positif) **et ce qui est légitime** (fondé, justifié, exigible par la conscience morale).
- C'est ce que fait **Antigone** lorsqu'elle transgresse les lois établies par le roi Créon et offre une sépulture à son frère en invoquant une loi supérieure à celle de la cité, loi qui relève de ce que l'on nomme le « **droit naturel** ».
- Le droit naturel désigne l'ensemble des droits émanant de la nature de l'homme, ceux que chaque homme est en droit d'exiger en tant qu'il est un homme. Ils sont issus de la raison. **Pour Montesquieu, bien que variables d'un pays à un autre, les lois positives doivent incarner l'exigence morale universelle de la raison.**

Citation

« La loi, en général, est la raison humaine, en tant qu'elle gouverne tous les peuples de la Terre ; et les lois politiques et civiles de chaque nation ne doivent être que les cas particuliers où s'applique cette raison humaine. »
Montesquieu, *L'Esprit des lois*.

C Les conditions de la justice

- L'idée de justice renvoie à celle d'une double égalité :

– **une égalité commutative**, d'abord, qui repose sur la réciprocité, et selon laquelle la justice recommande de donner autant à chacun. On parle alors de justice commutative (égalité de droits et de devoirs : la loi doit s'appliquer à tous sans exception).

– **une égalité proportionnelle**, ensuite : dans son aspect social, la justice renvoie au problème de la distribution des richesses : on doit donner à chacun selon son mérite.

- Il ne suffit pas que les lois soient justes pour que règne la justice. En effet, **la loi, générale, ne peut prévoir tous les cas particuliers**. Le magistrat, dans sa pratique quotidienne, au lieu d'appliquer mécaniquement un règlement, c'est-à-dire de juger seulement selon la lettre de la loi, doit faire preuve d'équité, juger selon l'esprit de la loi, selon les principes qu'elle défend. **Aristote**, mettant l'accent sur l'importance de l'équité, note ainsi que « **l'équitable est un ajustement de ce qui est légal** », un correctif de la loi garantissant l'établissement d'une justice supérieure à celle que prétend incarner la loi.

La justice et le droit

20

Lue Relue Apprise

Pourquoi instaure-t-on des normes et des lois ? Comment garantit-on le respect du droit ?

1 Le droit et le fait : deux domaines distincts

A Le droit a pour rôle de corriger les faits.

- **Le droit est l'ensemble des lois** qui prescrivent des **droits** (ce qu'il est permis de faire) et des **devoirs**. Ces derniers peuvent être positifs (ce que l'on doit faire) ou négatifs, et sont alors des interdits (ce que l'on ne doit pas faire, ce qu'on n'a pas le droit de faire).
- Le droit (du latin *directus*, « sans courbure ») a pour rôle de **rectifier et réguler les faits**. Dans la société, les relations entre les hommes peuvent être conflictuelles, et, sans intervention du droit, la coexistence pacifique menacée. **L'insociable sociabilité de l'homme,** mise en évidence par **Kant,** fait de lui un être comparable à un bois tordu qu'il faudrait redresser par un tuteur. Le droit joue ce rôle de tuteur qui remet l'homme dans le « droit chemin ». On distingue ainsi le droit et le fait :

LE DROIT	LE FAIT
Ce qui devrait être, ce que l'on exige	Ce qui est, ce que l'on constate
On lui obéit par obligation	On lui est soumis par contrainte
Ordre de la moralité	Ordre de la force physique

B Le droit ne peut venir de la force.

- Si le droit a pour rôle de rectifier les faits, il ne peut être issu de ces faits mêmes, mais de la **conscience d'une inadéquation entre ce qui est et ce qui devrait être**. L'exigence du droit manifeste un refus de la violence, du fait brut. Mais comment s'impose-t-il ? N'est-ce pas, de fait, par la force ?
- **Calliclès**, sophiste dialoguant avec **Socrate** dans le *Gorgias* de **Platon**, affirme que le droit véritable découle de la puissance de l'individu : conformément aux lois de la nature, j'ai le droit de faire ce que ma force me permet. Les lois de la cité, secondaires par rapport à celles de la nature, seraient l'œuvre des faibles pour se protéger des forts et n'auraient aucune légitimité.
- Néanmoins, **Rousseau** montrera qu'il est impropre de parler d'un « droit du plus fort » : le fort peut contraindre, mais il n'a à proprement parler aucun droit à cela, car le droit suppose une stabilité et une légitimité que ne confère pas la force. Il faut donc distinguer rapports de

force (qui existent, par exemple, entre des États en guerre) et rapports de droits (régulés par des lois).

- Ainsi, **Rousseau** refuse de considérer qu'un maître s'imposant par la force puisse soumettre ses sujets en prétendant détenir un droit légitime à cela. Si tel était le cas, celui qui pourrait désobéir impunément agirait en toute légitimité. Si la force engendrait le droit, ce dernier disparaîtrait dès que la force cesserait, si bien que « le mot de droit n'ajoute ici rien à la force ».

2 Le droit peut cependant recourir à la force.

A La force garantit l'ordre.

- On dit de l'État qu'il a **le monopole de la violence légitime**. En effet, si le droit ne peut se fonder sur la force, il en use néanmoins pour faire respecter les règles de la société. Ainsi, les forces armées, militaires et policières, ont-elles pour rôle d'assurer l'ordre dans la société (on parle d'ailleurs de « forces de l'ordre »).

- **Rousseau** admet que, si l'homme ne consent pas à obéir aux lois, « on le forcera à être libre ». Si le droit résulte d'un contrat, d'un **pacte social** par lequel chacun s'unit avec tous de manière à ne se soumettre qu'à des lois issues de la volonté générale, le droit garantit la liberté civile (→ fiches 24 et 15, p. 67 et 41). Par l'éducation, la prévention, mais aussi la répression, le droit vise à réguler les comportements humains et à amener l'homme à consentir à ce qu'il doit vouloir, à ce qu'il est raisonnable d'admettre.

B La force comme contre-pouvoir

- Reste que toute loi n'est pas forcément juste : a-t-on alors le droit de se rebeller ? Si, pour **Hobbes**, le souverain a un pouvoir absolu qui exclut toute rébellion, faute de quoi la sécurité ne peut être garantie dans la société, Rousseau, considérant comme primordiale la liberté, considère que **la révolte peut être considérée comme légitime si elle vise l'institution d'un ordre juste garantissant plus de liberté**. On invoque alors un droit supérieur à celui qui, de fait, est institué.

- Ainsi, certains renversements de pouvoirs ou certaines manifestations de force de la part des organisations sociales (syndicats, associations...) se fondent sur **une exigence de justice que le droit peine à réaliser**. La justice est donc, en tant qu'exigence, parfois distincte du droit institué dans une communauté politique (→ fiche 19, p. 55).

Le langage

21

Lue Relue Apprise

Peut-on dire que l'animal parle au même titre que l'homme ? Le langage n'est-il pas étroitement lié à la pensée ?

1 La spécificité du langage humain

A Définitions générales

- ***Un* langage**, au sens large : **un système de signes permettant de communiquer**. On parle ainsi du « langage des fleurs » ou du « langage animal ».
- ***Le* langage,** au sens large : **la faculté de communiquer quelque chose, de s'exprimer**. En ce sens, on peut dire que l'animal a un langage**. Karl Von Frisch**, dans *Vie et mœurs des abeilles*, analyse les danses par lesquelles les abeilles transmettent à leurs congénères la direction et la distance de la nourriture, et en conclut à l'existence d'un langage propre aux abeilles.

B Le langage au sens strict : le propre de l'homme

- **Le langage**, compris comme **faculté pour l'homme d'extérioriser ses pensées**, et comme **instrument par lequel il s'exprime**, comporte des spécificités qui interdisent de le confondre avec le mode de communication des animaux.
- Les animaux communiquent par des **codes de signaux**, éléments **fixes**, **invariables** et **indécomposables** (le même signal renvoie toujours à la même information) appelant non une réponse mais un **comportement**. En revanche, les hommes communiquent par des **langues**, systèmes de **signes linguistiques** propres à une culture.

Lexique

Signe linguistique : union d'un **signifiant** (forme acoustique du signe) et d'un **signifié** (concept, idée générale du signe) qui renvoie éventuellement à un **référent** (la chose désignée par le signe). Le langage suppose donc la pensée.

- Le langage est **acquis** et **culturel**, alors que le mode de communication animal est **inné,** relève de **l'instinct** et de **la nature**. Si la langue se transmet par **héritage**, les **codes de signaux** relèvent de **l'hérédité** (transmission génétique).
- Les énoncés humains sont **décomposables** en éléments pouvant diversement se combiner pour créer de nouveaux sens. Le langage est doublement articulé en **morphèmes**, unités de sens minimales de la langue, et **phonèmes**, unités phoniques élémentaires, ce qui lui confère sa **flexibilité**, son **inventivité** et sa **richesse**.

2 Les fonctions du langage

A La communication

● **Le langage permet de dialoguer**, à condition, comme le montre **Habermas**, de respecter des règles de communication : sincérité, intelligibilité, précision, et reconnaissance de l'interlocuteur comme une **personne**. La communication a un **aspect moral**.

● **Le langage rend possible la société**. **Aristote**, pour qui « la nature ne fait rien en vain », constate que seul entre les vivants l'homme a un langage qui lui permet d'échanger sur le juste et l'injuste afin **d'instaurer des règles nécessaires à la coexistence**.

● Le langage ne doit pas être utilisé à des fins de **domination**, mais en vue de la **vérité**, ainsi que le veut **Platon** : il faut le soumettre à la raison (*logos*, en grec, d'où vient *langage*, désigne un « discours rationnel »).

B Le langage : moyen d'extérioriser la pensée ?

● Pour **Descartes**, « ce qui fait que les bêtes ne parlent point comme nous est qu'elles n'ont aucune pensée » (*Lettre au marquis de Newcastle*). Cela signifie-t-il que la pensée précède le langage ? La diversité des langues et la possibilité de la traduction semblent le confirmer.

● Selon **Bergson**, le langage ne permet pas de dire la réalité vécue : celle-ci est constituée de particulier, alors que les mots sont généraux. Le langage nous habitue à ne voir que l'aspect général du monde, réduit notre **perception** (→ fiche 6, p. 16) et limite notre pensée. Il n'a qu'une **fonction pratique** : ordonner le monde pour une action efficace.

> **citation**
> « Nous ne voyons pas les choses mêmes ; nous nous bornons, le plus souvent, à lire des étiquettes collées sur elles » Bergson, *Le Rire*.

● Reste que la pensée sans langage est **obscure** : « c'est dans les mots que nous pensons [...] ; vouloir penser sans les mots, c'est une tentative insensée. » (**Hegel**, *Philosophie de l'esprit*).

● Loin de décrire objectivement le monde, le langage le **structure**. La langue n'est pas un répertoire de mots, mais organise de manière particulière les données de l'expérience. « Apprendre une autre langue, ce n'est pas mettre de nouvelles étiquettes sur des objets connus, mais s'habituer à analyser autrement ce qui fait l'objet de communications linguistiques. » (**André Martinet**, *Éléments de linguistique générale*)

La parole

Lue Relue Apprise

22

Le rapport à autrui passe principalement par la parole. Quelle est sa force ? Est-elle supérieure à l'écriture ?

1 La force des mots

A Les dimensions d'un discours persuasif

- Dans *La* ***Rhétorique***, **Aristote** analyse les dimensions d'un discours permettant de comprendre pourquoi certains discours sont plus persuasifs que d'autres. Tout orateur doit prendre en compte le *logos*, le *pathos*, et l'*ethos* :

Lexique

Rhétorique : art de bien parler, de persuader par le langage.

– **Le *logos* est le fond du message, les arguments qui sauront convaincre l'auditoire.** C'est le raisonnement logique. Il fait appel à l'intellect. Il sert à convaincre (→ fiche repères persuader/convaincre).

– **L'*ethos* est la crédibilité de l'orateur**, sa réputation, son charisme, sa capacité à inspirer confiance et à faire bonne impression.

– **Le *pathos* est la forme émotionnelle du message**, la capacité à provoquer des émotions chez le public, à jouer avec son affect. Il sert la persuasion.

- **Un discours réussi sera donc un discours qui manie à la perfection l'articulation entre ces trois dimensions** que sont *logos*, *ethos* et *pathos*. Pour persuader lors d'un discours, **il ne suffit donc pas d'avoir de bons arguments.**

B L'art d'avoir toujours raison

- Dans *L'art d'avoir toujours raison*, **Schopenhauer** expose les stratagèmes que l'on peut employer pour dominer son interlocuteur par la parole. En voici quelques uns :

– **L'homonymie** : prendre un mot dans la phrase de son interlocuteur et l'attaquer par un jugement de valeur étranger à la question. Ex. : « J'adore l'humour noir » ; « Ah l'adoration, voilà un sentiment récusable ! ».

– **Les faux arguments** : retourner les arguments d'un adversaire contre lui plutôt que d'essayer de le convaincre avec de nouveaux arguments. Ex. : « Soyez indulgent, c'est un enfant » ; « Mais c'est justement parce que c'est un enfant qu'il faut être exigeant ! ».

2 Parole ou écriture ?

A La parole a longtemps été considérée comme inférieure à l'écriture

- « Les paroles s'envolent, mais les écrits restent. » Cette expression d'**Horace** manifeste la supériorité de l'écriture sur la parole. Éphémère, cette dernière semble moins solide et moins fiable que l'écriture. On peut, lorsque l'on parle, se laisser emporter par ses émotions et dire des choses que l'on ne pensait pas. L'écriture laisse davantage le temps de la réflexion, de l'analyse de ce qui est communiqué et des moyens de le communiquer.

Lexique

Parole : usage verbal (oral) du langage dans une langue particulière. La parole est un acte individuel.

- Les peuples sans écriture ont longtemps été considérés comme inférieurs, voire « sauvages ». **L'écriture serait le signe de la civilisation véritable : elle permet de conserver les traces du passé et ainsi d'assurer la transmission des connaissances d'une génération à l'autre**, alors que les peuples ne connaissant que la transmission orale ne pourraient évoluer, limitant la mémorisation à l'échelle de l'existence individuelle.

B Critiques de l'écriture

- Dans *Tristes topiques*, **Claude Lévi-Strauss** montre que l'écriture ne relève pourtant pas tant du développement de la culture que de celui de la domination politique : « Si l'écriture n'a pas suffi à consolider les connaissances, elle était peut-être indispensable pour affermir les dominations. » En effet, historiquement, l'évolution de l'écriture s'accompagne de celle des cités et des empires et de la formation de classes sociales hiérarchisées.
- Ainsi, l'oralité n'est pas signe d'infériorité et considérer que l'absence d'écriture manifeste un manque de civilisation, voire d'humanité, est sans fondement.
- D'ailleurs, **Socrate** n'a rien écrit, préférant le dialogue vivant permettant un échange véritable plus propice à la découverte de la vérité. Les écrits, à ses yeux, sont fixes et relèvent plus de l'enseignement imposé que de l'occasion de rechercher par soi-même la vérité : ils sont une menace pour la pratique de la philosophie. L'homme qui a la science du juste, du beau et du bien « ne le sèmera pas avec l'encre et la plume en des discours incapables de parler pour se défendre eux-mêmes, incapables même d'enseigner suffisamment la vérité. » **Platon**, *Phèdre*.

Wittgenstein, *Tractatus logico-philosophicus*

Œuvre-clé

Publié en 1921, le *Tractacus* se propose d'analyser le langage et ses limites.

L'auteur

- **Véritable génie**, Ludwig Wittgenstein, né en 1889 à Vienne, se destine à l'aéronautique avant de se passionner pour les mathématiques pures, puis pour la logique, qu'il étudie auprès de Russell, célèbre logicien anglais.
- **C'est sur le front, en 1914, qu'il rédige le seul ouvrage qui paraîtra de son vivant, le *Tractatus logico-philosophicus*.** Universitaire, il fut aussi ingénieur, architecte, brancardier...
- **Homme de caractère, il se décrit comme un aristocrate raté et répudie l'héritage familial qui aurait fait de lui l'un des hommes les plus riches d'Europe.** Lorsqu'il apprend qu'il est atteint d'un cancer, il se désole non pas du diagnostic, mais du fait qu'existe une thérapie efficace, arguant qu'il n'a aucun désir de continuer à vivre. Il succombe en 1951.

Problématique générale de l'œuvre

- **Dans la lignée de Russell**, qui emploie dans ses *Principia Mathematica* la méthode de l'analyse en vue de dégager les atomes logiques, **Wittgenstein s'intéresse à la structure logique du langage* et du réel et au lien logique qui les unit**. Pour mettre fin aux innombrables controverses philosophiques issues d'un mauvais usage du langage, il faut dévoiler la structure logique du langage et comprendre la structure du réel. **Quel est l'usage légitime du langage ? Quel est le statut de l'indicible ?**

Thèses essentielles

- Les problèmes et doctrines de la philosophie sont dépourvus de sens. Ils proviennent d'un mauvais usage du langage. En effet, **le langage est image du monde***. Le monde se compose de faits atomiques, d'**états de choses**, conçus comme connexions d'objets : « le monde est l'ensemble des faits, non pas des choses ». Le fait est l'unité élémentaire de la réalité dans la mesure où l'objet ne se laisse pas atteindre de lui-même. Les propositions du langage, également analysables en propositions atomiques par lesquelles sont reliés des noms, **signes simples** des objets, font apparaître la même forme logique, si bien qu'elles doivent être conçues comme des tableaux, des représentations des faits.

- Par conséquent, **tout ce qui n'est pas description est indicible**. De même que le corps est caché et que sa perception est modifiée par le vêtement, la pensée non descriptive est travestie, pervertie par le langage. **Seules les propositions que l'on peut empiriquement vérifier** (les propositions qui décrivent le monde sans pour autant l'expliquer réellement, à savoir celles des sciences de la nature**) sont douées de sens**.
- Les propositions de la logique (réductibles à des tautologies) et des mathématiques, quant à elles, ne disent rien du monde, n'ayant aucun référent.
- Enfin, les énoncés de la métaphysique, de l'éthique et de l'esthétique, ne représentant pas un état de fait, sont dénués de sens. Mais en disant cela, Wittgenstein ne condamne pas, comme ont pu le croire les positivistes du Cercle de Vienne, la métaphysique.
- En effet, **si l'on ne peut, par le langage, que décrire le monde, il n'en reste pas moins qu'il est possible que celui-ci ait une valeur ou un sens.** Mais ce sens ne saurait être dit, c'est un inexprimable qui ne peut être que « montré » : « il y a assurément de l'inexprimable. Celui-ci se montre, il est l'élément mystique ». Ainsi, **le *Tractatus* marque les limites du dicible et de l'ineffable** et s'achève sur un mysticisme qui appelle au silence : « sur ce dont on ne peut parler, il faut garder le silence ». Par conséquent, **la philosophie doit clarifier la pensée**. Elle « n'est pas une doctrine mais une activité » consistant à éclaircir et délimiter les pensées qui sont troubles et floues. Un projet se dégage, celui de la constitution d'un langage rigoureux et parfait qui éviterait toute équivoque.

Les concepts clés

- **Le monde :** ensemble des faits, de ce qui a lieu et peut être décrit par des propositions vraies.
- **Langage :** il est conçu ici, dans son usage légitime, comme image des faits.

Qu'est-ce que la liberté ? 23

Lue Relue Apprise

Beaucoup voient dans la liberté la possibilité de faire ce que l'on veut. Mais cette définition rend-elle vraiment compte de l'essence de la liberté ?

1 La liberté : le pouvoir de faire ce que l'on veut ?

A La liberté des Anciens et celle des Modernes

- À l'origine, la liberté est **un statut politique** : dans l'Antiquité, est dit « libre » le citoyen, par opposition à l'esclave. En effet, le citoyen n'a pas de maître, il participe activement à la vie de la Cité (action politique) et est affranchi des tâches manuelles qu'effectue pour lui l'esclave (lequel, de ce fait, ne sort pas de l'activité productrice qui le maintient dans le cadre de la **nécessité** biologique). Il dispose de **temps libre** pour développer ses facultés proprement humaines, comme la raison, dans la recherche de la vérité. **La liberté réside dans l'accomplissement de l'homme en tant qu'être humain**.
- Nous avons aujourd'hui une conception plus individualiste de la liberté, distinguant souvent la sphère publique de la sphère privée. Ainsi, **Benjamin Constant** distingue **la liberté des Anciens,** qui consiste dans la participation aux affaires publiques (mais dans laquelle l'individu est soumis au corps collectif), de **celle des Modernes**, qui consiste dans la garantie des jouissances privées.
- Nous considérons en effet comme libre celui qui n'est pas soumis à un maître, qui dispose de lui-même et de ses biens. La liberté s'entend alors comme **absence de contraintes externes et comme pouvoir de faire ce que l'on veut**.

B Liberté et désirs

- **Calliclès**, dans le *Gorgias* de **Platon**, considère comme libre celui qui, échappant aux lois de la cité, peut assouvir toutes ses passions, dusse-t-il pour cela nuire à autrui. La liberté se comprend alors comme puissance. Elle est par conséquent toujours plus ou moins grande en fonction de nos capacités.
- Néanmoins, on ne choisit pas ses désirs, on choisit tout au plus de les assouvir ou non. On ne choisit pas, par exemple, de tomber amoureux (l'expression, d'ailleurs, montre bien qu'ici quelque chose nous échappe). Une vie telle que la décrit Calliclès serait soumission à ses désirs, l'homme y serait **esclave de ses passions** (→ fiche 8, p. 21). La liberté suppose au contraire l'action choisie, non celle que l'on commet spontanément en obéissant à ses penchants.

2 La volonté, source de liberté ?

A La liberté suppose le choix

- La liberté est d'abord l'objet d'une expérience, un sentiment vécu lorsque nous agissons comme nous l'avons choisi, sans ressentir de contrainte extérieure. Contrairement à l'animal dirigé par l'instinct, l'homme a des choix à faire, choix dont il a **conscience**, ce qui fait de lui un être libre.
- Si le choix est possible, c'est, montre **Descartes**, parce que nous sommes doués d'une **volonté infinie**, d'un **libre arbitre** nous permettant de nous déterminer par nous-mêmes. La liberté « consiste seulement en ce que nous pouvons faire une chose ou ne pas la faire. »

> **Lexique**
> **Libre arbitre** : faculté de choisir, de se déterminer par soi-même. Synonyme de *volonté*.

- Pour **Descartes**, la volonté peut se déterminer d'elle-même sans aucune influence, indépendamment de toute nécessité extérieure. Lorsque nous choisissons, sans raison ni cause, entre deux partis qui nous semblent équivalents, nous faisons preuve de **liberté d'indifférence**.

B Mais un choix éclairé

- Mais la liberté d'indifférence est, selon **Descartes**, « le plus bas degré de la liberté et fait plutôt paraître un défaut de la connaissance qu'une perfection dans la volonté ». La volonté est d'autant plus libre qu'elle se détermine en accord avec ce que sa raison lui présente comme vrai ou bon. **La connaissance est donc un élément essentiel de la liberté.**
- La liberté ne doit alors pas être entendue comme pouvoir d'action spontané et irréfléchi. Elle est plutôt **possibilité d'être cause première d'actes délibérément et raisonnablement choisis** : « La liberté de la volonté ne signifie donc pas autre chose que la faculté de décider en connaissance de cause. Donc, plus le jugement d'un homme est libre sur une question déterminée, plus grande est la nécessité qui détermine la teneur de ce jugement, tandis que l'incertitude reposant sur l'ignorance – qui choisit en apparence arbitrairement entre de nombreuses possibilités de décisions diverses et contradictoires – ne manifeste précisément par là que sa non-liberté. » **Engels**, *Anti-Dühring*.

La liberté est-elle une illusion ?

24

Lue Relue Apprise

L'homme se sent spontanément plus ou moins libre. Mais ce sentiment n'est-il pas illusoire ? D'un point de vue politique, l'État fait-il obstacle à la liberté ? D'un point de vue personnel, le sujet a-t-il conscience des causes qui l'influencent ?

1 La liberté politique

A Les lois nuisent à la liberté.

- Les lois définissent des droits, mais aussi des devoirs et des interdits : elles guident nos actions et limitent nos pouvoirs. Elles apparaissent alors comme un frein à la liberté. Ainsi, le **mouvement anarchiste** considère que l'État nuit à la liberté et doit par conséquent être aboli. En effet, « la liberté est indivisible », ainsi que l'écrit **Bakounine**. Cela signifie que tout ce qui réduit notre liberté (et notamment les lois) l'anéantit : soit l'homme est totalement libre, soit il ne l'est pas du tout.
- Toutefois, les anarchistes ne prônent pas un état de conflits permanent où chacun ne viserait que son propre intérêt sans hésiter à sacrifier celui des autres. Ils considèrent plutôt que chacun devrait savoir se limiter de soi-même sans qu'une force extérieure (la loi) ne les y oblige.
- Reste que, de fait, les hommes sont loin d'être assez raisonnables pour agir ainsi.

B Les lois garantissent la liberté à certaines conditions.

- Sans loi instituée, ce serait la loi du plus fort qui règnerait, et le monde serait en guerre permanente. Selon **Hobbes**, l'État est instauré en vue de garantir la sécurité (→ fiche 15, p. 42).
- Mais **Rousseau** montre que la liberté est inaliénable, et que **la légitimité de l'État réside dans sa capacité à garantir la liberté**. La liberté civile désigne le fait de n'être soumis qu'aux lois, et non à un homme. Pour qu'il y ait vraiment liberté, les lois doivent venir de **la volonté générale**, volonté de tous en vue du bien commun. En ce sens, obéir à la loi sera obéir à ce que l'on doit vouloir, et donc à soi-même.

citation

« Renoncer à sa liberté, c'est renoncer à sa qualité d'homme. » Rousseau, *Du contrat social.*

2 La liberté du sujet

A L'homme libre est celui qui se détermine par lui-même.

- La liberté du sujet se comprend comme pouvoir de choisir, d'être cause première de ses actes, ce qui suppose la **conscience**. Contrairement à l'homme, l'animal, qui est dirigé par **l'instinct**, n'agit pas librement.

- Selon **Kant**, pour juger la responsabilité d'un homme qui a mal agi, on prend en compte deux aspects : **son caractère empirique** (son vécu) permet de mettre en évidence les causes qui l'ont amené à commettre un acte, et le déculpabilise. En revanche, **son caractère intelligible**, le fait qu'il soit doué de raison, implique sa responsabilité : il aurait pu agir autrement.

B Cette autodétermination n'est-elle pas une illusion ?

- Pour **Spinoza**, la liberté comme auto-détermination est illusion : nous sommes ignorants des causes qui pèsent sur nous et qui nous déterminent. La liberté réside plutôt dans la connaissance des causes qui nous déterminent, dans la compréhension de la nécessité. De même, pour **Épictète**, la liberté, conformité à la nécessité, suppose de comprendre et d'admettre l'ordre rationnel du cosmos (→ œuvre-clé, p. 23).

citation

« La liberté consiste à vouloir que les choses arrivent, non comme il te plaît, mais comme elles arrivent. » Épictète, *Entretiens*.

- Le **déterminisme** est une conception selon laquelle tous les phénomènes sont liés par des relations de causalité. Les sciences mettent en évidence l'existence de nombreux déterminismes : déterminisme naturel pour les sciences de la nature, déterminisme social pour la sociologie, déterminisme psychique pour la psychologie... Nous serions donc soumis à de nombreuses influences et nos actes seraient déterminés par des causes qui nous échappent.
- Reste que la connaissance de ces causes permet de les utiliser en vue des buts que nous nous donnons, et d'atténuer leur influence. La connaissance des lois de la nature, par exemple, permet d'élaborer des techniques par lesquelles nous nous affranchissons de certains obstacles naturels. **La liberté consiste dans la maîtrise de soi et du monde, elle admet alors des degrés**.
- Pour **Sartre**, « l'homme est condamné à être libre », et ce même s'il est déterminé, parce qu'**il a toujours des choix à faire**. L'important, ce n'est pas ce qu'on a fait de nous, mais ce que nous faisons nous-mêmes de ce qu'on a fait de nous. Ainsi un malade peut se choisir résigné, révolté, ou combatif. La liberté réside dans le choix par lequel nous nous construisons (→ œuvre-clé, p. 69).

Sartre, *L'Existentialisme est un humanisme*

Œuvre-clé

Cet ouvrage est le compte-rendu d'une conférence donnée par Sartre à Paris le 29 octobre 1945 pour convaincre de l'humanisme de sa doctrine, l'existentialisme.

L'auteur

- **Jean-Paul Sartre** (1905-1980), philosophe, écrivain et dramaturge français, est un **intellectuel engagé**, un génie infatigable et désintéressé représentant **les défenseurs de la liberté**. Son combat contre les luttes anticoloniales (guerres d'Indochine, d'Algérie, du Vietnam) fait de lui le maître à penser de la gauche intellectuelle.
- D'abord enseignant, engagé dans la Résistance, il renonce à l'enseignement pour se consacrer entièrement au journalisme, et crée la revue *Les Temps modernes*. Avec sa compagne, Simone de Beauvoir, il forme un couple qui a marqué les esprits.
- Œuvres principales : *L'Imaginaire* (1940), *La Nausée* (1938), *Le Mur* (1939), *L'Être et le Néant* (1943), *Huis clos* (1944), *L'existentialisme est un humanisme* (1946).

Problématique générale de l'œuvre

- Dans cette conférence visant à répondre aux accusations de ses contradicteurs qui croient voir dans ses œuvres un anti-humanisme, Sartre présente les principes de l'existentialisme athée, lequel revendique la **liberté** de l'existence* humaine : « *Nous entendons par existentialisme une doctrine qui rend la vie humaine possible et qui, par ailleurs, déclare que toute vérité et toute action impliquent un milieu et une subjectivité humaine.* »
- **L'existence** devient problématique dès lors qu'elle est consciente de sa **contingence** et de **l'absence de valeurs transcendantes** : exister, c'est être **responsable**, **angoissé** par cette responsabilité, et pourtant obligé de l'assumer.

Thèses essentielles

- **L'existence précède l'essence.**

– Les choses **sont** tandis que l'homme **existe** : les choses ont une **essence** avant d'être. Par exemple, ce coupe-papier a été pensé selon sa fonction avant d'être fabriqué.

– En revanche, parce que **Dieu n'existe pas,** l'homme « n'est d'abord rien » : on ne peut d'avance le réduire à une essence préétablie. En lui, « l'existence précède l'essence. »
– L'homme doit s'inventer lui-même au travers du **projet**, véritable dépassement de soi. « L'homme est d'abord un projet qui se vit subjectivement, au lieu d'être une mousse, une pourriture, ou un chou-fleur. »

- **Contingence et responsabilité**

– Puisque l'existence est contingente, **la subjectivité est au fondement des valeurs et des actes**. Une multiplicité de possibilités s'offre au sujet, et il se trouve obligé de faire des **choix** qui orienteront son existence. Chacun est seul **responsable** de ses choix, **il sera ce qu'il s'est fait**.
– Au travers de nos actes, nous donnons à voir l'image de l'homme tel que nous estimons qu'il doit être. « Choisir d'être ceci ou cela, c'est affirmer en même temps la valeur de ce que nous choisissons. » Responsable de soi-même, chacun est également **responsable de l'humanité entière**. « En me choisissant, je choisis l'homme. »

- **Une liberté angoissante**

– Face à la conscience de l'absurdité de l'existence humaine, l'homme est sujet à la **nausée***.
– L'homme est **absolument libre**, mais cette liberté est source d'**angoisse** : elle fait de l'homme un être entièrement responsable de lui-même, **sans excuses** lorsqu'il fait de mauvais choix. Mais elle est aussi ce qui permet à l'homme de se **projeter** dans l'avenir et **d'agir** : *« L'homme est condamné à être libre »*. Condamné : on ne peut pas ne pas choisir. Refuser de choisir, c'est déjà choisir.
– Parce qu'il est difficile d'assumer une telle liberté, celui que Sartre nomme « le salaud » a tendance à se laisser aller à la **mauvaise foi*.** Lâche, il fuit sa liberté en se mentant à lui-même, cédant à l'illusion de la nécessité des événements.

Les concepts clés

- **Nausée** : sentiment de vide qui tourne le cœur, vertige devant l'absence de raison d'être qui génère le sentiment d'être « de trop » et l'angoisse d'avoir à assumer sa liberté.
- **Mauvaise foi** : absence de sincérité envers soi-même, fait de se voiler la face pour ne pas avoir à assumer sa liberté et se déculpabiliser.
- **Existence** : dépassement de soi par soi, notamment par le projet.

Tocqueville, *De la démocratie en Amérique*

Œuvre-clé

La démocratie* nous semble aujourd'hui être le régime politique idéal, mais ne comporte-t-elle pas, comme tout régime politique, des possibilités de dérives ?

L'auteur

- Alexis de Tocqueville (1805-1859) est l'un des principaux penseurs de la Révolution et de la démocratie. Magistrat, il observe le système démocratique qui se développe aux États-Unis et rédige son ouvrage majeur, *De la démocratie en Amérique*.
- Le succès, immédiat, fait de Tocqueville un personnage reconnu : il est nommé chevalier de la Légion d'honneur, est élu à l'Académie des sciences morales et politiques, puis à l'Académie française.
- Il eut une carrière politique intense : il fut député, membre de la commission chargée d'élaborer la Constitution de 1848, et ministre des Affaires étrangères.

Problématique générale de l'œuvre

- Tocqueville, défenseur de la liberté et conscient de la progression inévitable de la démocratie, en analyse les bienfaits et les dangers.
- Il met en évidence les caractéristiques essentielles de toute société démocratique et les dangers qui la guettent : **l'égalité revendiquée par la société démocratique menace la liberté**. Il faut donc s'interroger sur la possibilité d'une société démocratique qui réconcilie liberté et égalité.

Thèses essentielles

- **L'égalité, valeur essentielle de la démocratie**

– Au XIXe siècle, la démocratie progresse, la société change, et le peuple exige **l'égalisation des conditions**. Il n'y a plus de supériorité héréditaire légitime, et l'on voit progressivement disparaître les différences liées à la naissance, les privilèges et les rangs sociaux.

– Mais **l'individualisme*** se développe : chacun jouissant de plus en plus de confort ou pouvant du moins espérer améliorer sa condition, s'éloigne des préoccupations politiques au profit de ses propres ambitions et se replie sur soi. La passion du bien-être matériel, voilà ce qui caractérise les membres d'une société dans laquelle chacun peut espérer une vie meilleure. Ainsi, **chaque individu est amené à se préoccuper davantage de ses propres affaires et de celles de ses proches que de la chose publique**.

Les dangers de la démocratie

– Mais en préférant l'égalité à la liberté, on risque de laisser s'installer **un despotisme*** insidieux. Dans une société égalitaire, les opinions se valent : la **tyrannie de la majorité** risque de s'installer, contribuant à une dangereuse **uniformisation de la pensée** et à l'oppression de la minorité.
– L'individualisme, le désintérêt pour les affaires publiques, le fait que les citoyens se soucient exclusivement de leur tranquillité et de leur confort, nuisent à la liberté politique, qui suppose engagement et risques. Si les citoyens laissent au pouvoir politique le soin de veiller à leur bien-être et à leur sécurité, le pouvoir, centralisé, risque de devenir un tuteur paternaliste dictant opinion et volonté, **un despote doux et régulier,** bienveillant mais infantilisant.

La liberté politique

– Tocqueville ne prône pas un retour au régime aristocratique favorable aux privilèges, mais **un droit à la différence et une véritable liberté politique**. Pour que la démocratie soit favorable à la liberté, le pouvoir social doit être décentralisé, limité par des **contre-pouvoirs**, des **pouvoirs intermédiaires** que réalisent les **associations** (partis politiques, organisations coopératives).
– Le droit d'association, l'indépendance judiciaire et la liberté de la presse (qui ne peut alors plus être utilisée pour manipuler l'opinion) sont les garants de la liberté en démocratie et permettent d'éviter le nouveau despotisme qui menace. Pour assurer en démocratie le règne de la liberté, il faut éduquer le citoyen, le responsabiliser, et lui montrer la nécessité de sa participation aux affaires publiques.

Les concepts clés

- **La démocratie** caractérise toute société qui valorise l'égalité et qui permet à tous de prendre part aux affaires publiques.
- **Individualisme** : « sentiment réfléchi et paisible qui dispose chaque citoyen à s'isoler de la masse de ses semblables et à se retirer à l'écart avec sa famille et ses amis. » Il se distingue de l'égoïsme, « amour passionné et exagéré de soi-même ».
- **Despotisme** : ici, pouvoir tutélaire et paternaliste qui introduit une servitude parce qu'il administre la vie de ses sujets.

25 La nature

Lue Relue Apprise

Que nomme-t-on « nature », et quelle est la place de l'homme dans la nature ?

1 Que signifie le terme « nature » ?

A Définitions

- Par « **nature** », nous désignons l'ensemble de ce qui existe et constitue le cadre physique de notre existence, indépendamment de ce qui est produit et transformé par l'homme. La nature serait donc **tout ce qui entoure l'homme et qui n'est pas son œuvre**, par exemple les arbres, les animaux, les étoiles...

Etymologie

Du latin *nasci*, « naître », le terme « **nature** » renvoie à l'idée de vie, d'origine, de production et de spontanéité.

- Ainsi, la nature renvoie à ce qui est originaire, premier, inné, spontané. En ce sens, **on l'oppose traditionnellement à la culture** dans la mesure où la culture ajoute quelque chose à la nature et relève de l'artificiel, de l'acquis. Le terme culture peut s'entendre en plusieurs sens :

– culture de la terre : transformation de la nature brute par le travail de l'homme.
– ensemble des savoirs que possède un individu. En ce sens, on oppose la culture humaine à l'instinct animal.
– ensemble des productions humaines, qu'elles soient matérielles (objets techniques, monuments, œuvres d'art...) ou immatérielles (idéologies, théories, religions, langues). Par exemple, le corps de l'homme, qui semble naturel, est transformé par des pratiques culturelles (tatouages, maquillage...). Le culturel, ici, s'oppose au sauvage, à l'animalité, il est le propre de l'homme. D'ailleurs, dans toute société il y a une culture.

B Les regards portés sur la nature

- **La nature a longtemps été déifiée, du moins personnalisée**, comme le suggère l'expression « Mère Nature ». Les poètes l'ont considérée comme une mère nourricière sacrée. Dans la mythologie grecque, Gaïa, la « Déesse mère », est la personnification de la Terre.
- **Mais à partir du XVIe siècle et des révolutions scientifiques, le regard porté sur la nature se rationnalise et devient scientifique.** Conçue comme le lieu de mécanismes dont il faut percer le secret, la nature est constituée de rapports constants et universels entre des phénomènes dont la science se charge de découvrir les lois. C'est cette conception de la nature que **Descartes** adopte dans *Le monde ou le traité de la lumière*

(1644) : « Par la Nature je n'entends point ici quelque Déesse, ou quelque autre sorte de puissance imaginaire, mais [...] je me sers de ce mot pour signifier la Matière même.

2 Quelle est la place de l'homme dans la nature ?

A L'homme, un être étranger à la nature ?

- **L'homme est un être de culture**, il produit et crée ses propres conditions d'existence, et ce de manière contingente. En effet**, il existe une multitude de cultures (civilisations) qui montrent que l'homme, contrairement aux animaux guidés par l'instinct, s'éloigne de la nature**. Par exemple, les habitations humaines prennent des formes bien différentes, de l'igloo à la hutte, en passant par la maison, alors que les ruches ont toutes la même forme, quel que soit le lieu ou l'époque.
- Par la culture, **l'homme transforme la nature, l'exploite** et les préoccupations écologiques actuelles (réchauffement climatique, transhumanisme...) montrent que l'action humaine peut avoir des répercussions négatives sur la nature.

B L'homme a-t-il des devoirs envers la nature ?

- Par son corps, l'homme est un être naturel, et sa survie dépend de celle de la nature elle-même. **Dégrader la nature, c'est donc dégrader l'homme lui-même.** L'homme a donc comme devoir envers lui-même et l'humanité dans son ensemble de chercher à protéger la nature.
- Selon la **Charte mondiale de la nature proclamée en 1982 sous l"égide des Nations unies**, « Tous les gouvernements et tous les peuples du monde doivent s'acquitter collectivement et individuellement de leur responsabilité historique, afin que notre petite planète soit léguée aux générations futures dans un état qui garantisse à chacun une existence respectueuse de la dignité humaine. »
- **Hans Jonas** va plus loin dans *Le Principe responsabilité* : ce n'est pas seulement envers l'humanité ou les générations à venir que l'homme a des devoirs, mais aussi envers la nature, considérée comme fin en soi. Il s'oppose à **Kant**, pour qui seuls les hommes sont des fins en soi, c'est-à-dire des êtres dignes de respect envers lesquels nous avons des devoirs.

citation

« La violence et la cruauté avec lesquelles on traite les animaux sont très contraires au devoir de l'homme envers lui-même. » **Kant**, *Métaphysique des mœurs*.

Y a-t-il une nature humaine ? 26

Lue Relue Apprise

La notion de nature entendue comme « essence » interroge le propre de l'homme.

1 L'idée de nature humaine

A Définition et enjeux

- La nature d'une chose, ou d'un être, désigne son essence, **ce qui le caractérise en propre et le définit** (→ fiche repères essentiel/accidentel). Par exemple, la nature d'un crayon est d'être un objet servant à écrire. Il existe une multitude de crayons différents, mais ils ont tous en commun cette propriété de permettre d'écrire. La nature de l'eau s'exprime par la formule H_2O.
- **Se pose alors la question de savoir s'il existe une nature humaine, c'est-à-dire des caractéristiques communes à tous les êtres humains** quelles que soient leur culture, leur époque, leur religion, **qui permettraient de les différencier des autres êtres vivants** et de reconnaître en l'étranger un alter ego.
- Tout individu naît dans un monde forgé par les hommes, avec des traditions, des religions, des connaissances, des techniques, des productions humaines. **La culture est un fait universel et proprement humain mais qui prend des formes extrêmement variées**, d'où la difficulté de saisir, au-delà de ces différences, la nature humaine.

B Comment distinguer ce qui est naturel et ce qui est culturel ?

Naturel	Culturel
Originaire.	Transformé, artificiel.
Inné : ce que l'on possède d'emblée, avant la naissance.	Acquis : ce que l'on apprend.
Spontané, immédiat, premier.	Médiat, secondaire, réfléchi.
Hérédité.	Héritage.
Instinct.	Intelligence.
Lois nécessaires et universelles.	Règles contingentes et générales, variant d'une communauté à une autre.

- Il est difficile de distinguer en l'homme ce qui est naturel et ce qui est culturel, puisqu'il vit d'emblée dans une culture. **Pour Lévi-Strauss, c'est la prohibition de l'inceste dans une communauté humaine qui marque le passage de la nature à la culture** : en choisissant de retarder l'accouplement et en le régulant, l'homme met à distance ses tendances premières.

● Pour **Merleau-Ponty,** « tout est fabriqué et tout est naturel chez l'homme. » (*Phénoménologie de la perception*). Il n'y a pas en l'homme une superposition de deux couches, l'une naturelle et l'autre culturelle**. On ne peut discerner en l'homme ce qui est naturel et ce qui est culturel.**

2 L'homme : un être culturel ?

A L'état de nature

● Pour mesurer à quel point la culture éloigne l'homme de sa nature première et le pervertit, **Rousseau** dresse dans le *Discours sur l'origine et les fondements de l'inégalité parmi les hommes* (→ Œuvre-clé, p. 77) le portrait de l'homme à l'**état de nature**. **Ni bon ni mauvais, solitaire, l'homme vit comme l'animal, en harmonie avec la nature.**

Lexique

État de nature : état dans lequel vivrait l'homme sans culture, et sans société. C'est une hypothèse de travail, une fiction théorique, non un état ayant historiquement existé.

● La perfectibilité n'est pas forcément positive : elle peut produire le meilleur (paix) comme le pire (conflits). **Rousseau**, dans sa critique de la société, **met en évidence l'aspect néfaste de la culture**, qui engendre aliénation (dépendance à autrui) et perversion de la nature humaine.

B L'ethnocentrisme

● Les Grecs considéraient comme « **barbare** » tout être étranger à leur civilisation. Les cultures occidentales ont ensuite nommés « **sauvages** » les peuples ayant des cultures différentes. « Sauvage » signifie « de la forêt » et sous-entend une **infériorité**, un **classement hiérarchique des peuples**. **Les peuples « inférieurs » sont vus comme non civilisés, voire inhumains.**

Lexique

Ethnocentrisme : tendance à considérer son peuple et sa culture comme supérieurs à tout autre.

● Dans l'histoire, de nombreux peuples ont fait preuve d'ethnocentrisme et se sont sentis investis d'une mission capitale, celle de **civiliser les « sauvages »**, les peuples dits « primitifs », niant leur humanité (n'est humain que le civilisé) et la valeur de leur culture. La **controverse de Valladolid** au XVIe siècle pose la question du droit des Espagnols à assujettir les Indiens du Nouveau Monde.

● Pour **Lévi-Strauss**, on a tort de parler de peuples « primitifs » et de « barbares ». **On ne peut hiérarchiser les cultures sans faire preuve soi-même de barbarie** : « Le barbare, c'est d'abord l'homme qui croit à la barbarie. » (*Race et histoire*). La diversité des cultures est un fait, mais la culture est un phénomène proprement humain qui consiste à transformer la nature et à toujours réinventer son environnement. Telle est peut-être la nature humaine : être un être de culture.

Rousseau, *Discours sur l'origine et les fondements de l'inégalité parmi les hommes*

Œuvre-clé

Œuvre écrite en réponse au sujet de concours de l'Académie de Dijon en 1754 : « quelle est l'origine de l'inégalité parmi les hommes, et si elle est autorisée par la loi naturelle* ? ».

L'auteur

- **Jean-Jacques Rousseau** (1712-1778) est un philosophe et écrivain genevois à la vie instable et tourmentée.
- Il montre la nécessité de réformer mœurs, morale, éducation et institutions politiques avant que l'homme soit totalement perverti.
- **Œuvres principales** : *Discours sur les sciences et les arts* (1750), *Du contrat social* (1762), *Émile* (1762), *Confessions* (1782, posth.), *Rêveries d'un promeneur solitaire* (1782, posth.).

Problématique générale de l'œuvre

- Rousseau dépeint l'homme à l'état de nature (➜ fiche 26, p. 76) et montre comment s'opèrent la sortie de cet état de nature et l'établissement de la société. Il peut ainsi analyser **la distance qui sépare l'homme naturel de l'homme civilisé** et mettre en évidence la **perversion** qu'engendre la société.
- **Les inégalités* sociales ne sont aucunement légitimes**, ne reposent pas sur la nature de l'homme, mais sur les institutions sociales qu'il faut dès lors réformer afin de redonner à tous une liberté civile égale. Elles n'ont pas de **fondement***, mais on peut s'efforcer de dégager leurs **origines***.

Thèses essentielles

- **Il n'y a pas d'inégalité naturelle.**
À l'état de nature, l'homme vit solitaire, libre (il n'est soumis à personne), oisif dans une nature abondante, heureux, sans industrie ni société. Il ne possède la raison qu'en puissance (➜ Repères : « en acte / en puissance » p. 132), et agit suivant deux principes : **l'amour de soi**, qui l'incite au souci de sa propre vie, et **la pitié**, sentiment de répugnance face à la souffrance inutile de tout être vivant.
- **La sortie de l'état de nature : l'émergence des inégalités**
Rien ne destine l'homme à sortir de l'état de nature, hormis les catastrophes naturelles exceptionnelles qui le contraignent à s'associer

avec d'autres pour survivre. **Perfectible** (capable de changer sa manière d'être, en bien autant qu'en mal), l'homme connaît les premières associations et les premières techniques, et avec elles les premières inégalités.

La vie sociale transforme radicalement l'homme, au point de le rendre méconnaissable. Les premières communautés portent les hommes à se comparer, et l'amour de soi se transforme en **amour-propre**, cette tendance égoïste à vouloir dominer autrui, qui valorise **le paraître** au détriment de **l'être**. L'avènement de la **propriété privée** instaure les inégalités entre riches et pauvres et engendre les maux de la société.

- **Une vision pessimiste du progrès**

Rousseau, loin d'adhérer à l'idée commune de son époque, selon laquelle le progrès moral suit celui des sciences et des arts, constate **l'évolution négative de l'humanité** qui, par ses techniques, se donne la possibilité d'accroître égoïsme et servitude.

L'homme dépravé, dénaturé par les passions qui l'assaillent, se retrouve dans un état de conflits permanents qui nécessite la mise en place d'un **contrat social**. Mais si celui-ci ne garantit pas la liberté civile, il instaure des inégalités entre faibles et puissants, voire entre maîtres et esclaves dans le cas du despotisme, d'où une nécessité de **refonder le contrat social sur la liberté de tous**.

Les concepts clés

- **Origine** : la source, la **cause**, du point de vue des **faits**. D'où vient l'inégalité parmi les hommes ?
- **Fondement** : la **légitimité**, ce qui justifie, du point de vue du **droit**. Les inégalités sont-elles justes, ou doit-on les remettre en cause ?
- **Inégalités** : non pas les différences naturelles, mais les inégalités instituées, établies dans les sociétés (inégalités des droits et des devoirs, des fonctions politiques, des fortunes...). Rousseau distingue trois degrés d'inégalités sociales : pauvre/riche ; faible/puissant ; maître/esclave.
- **Loi naturelle** : règle supposée universelle permettant de juger la légitimité d'une institution.

La raison

27

Lue Relue Apprise

L'homme cherche à comprendre le réel par sa raison, mais aussi par d'autres moyens.

1 Qu'est-ce que la raison ?

A Définitions

- Du latin *ratio*, « calcul », le terme « raison » peut être diversement défini :
– faculté de **distinguer le vrai du faux et le bien du mal** (Descartes).
– faculté de **combiner des moyens pour arriver à une fin** (résoudre un problème), ou de combiner des jugements.
– faculté d'ordonner, de relier des faits d'abord disparates, de **mettre les choses en relation par un jugement**.

- **La raison comporte deux versants** : elle est dite « **théorique** » ou « pure » lorsqu'elle opère dans le domaine de la connaissance, et « **pratique** » lorsqu'elle s'intéresse aux actions et à la morale. D'un point de vue théorique, écouter sa raison revient à être **rationnel**, alors que d'un point de vue pratique, c'est être **raisonnable**.

B Les caractéristiques de la raison

- Discours rationnel : celui qui donne les raisons de ce qu'il avance et respecte les principes de la **logique**. La raison suit des principes universels qui fondent la cohérence du discours. **Les trois principes essentiels de la raison sont** :
– le principe de **non-contradiction** : une proposition ne peut être en même temps vraie et fausse. On ne peut pas dire « A et non A » (ex. : ce chat est gris et n'est pas gris).
– le principe du **tiers exclu** : une proposition est soit vraie soit fausse, il n'existe pas de troisième solution. Il est nécessaire que « A ou non A » (ex. : soit Socrate est un homme, soit Socrate n'est pas un homme).
– le principe d'**identité** : une chose est identique à elle-même. « A est A » (ex. : Socrate est Socrate).

> **Lexique**
> **Logique** : science du raisonnement qui met en évidence les règles que doit suivre un discours cohérent.

- **Leibniz considère qu'il faut leur ajouter le principe de raison suffisante** (tout a une raison d'être, « rien n'arrive sans qu'il y ait une cause ou du moins une raison déterminante »). On présuppose la rationalité du réel.

• **Quelle que soit la définition retenue, la raison est toujours comprise comme la faculté supérieure de l'homme, celle qui lui permet de connaître le réel et d'y agir de manière cohérente.**

2 Les divers modes d'interprétation du réel

Selon **Auguste Comte**, l'Histoire a un sens, elle est le lieu de l'évolution nécessaire de l'esprit de l'humanité qui progresse selon la loi des trois états. **Les grands moments du développement historique correspondent à trois stades de l'esprit.**

A L'état théologique : l'enfance de l'esprit

• L'homme ne s'est pas toujours rapporté au réel sur le mode de la rationalité. Voulant rendre compte du réel, il a d'abord fait appel au surnaturel. **Ce premier stade de l'esprit correspond à l'état théologique. L'esprit y interprète les phénomènes naturels sur le mode du fétichisme** (les objets, incarnations d'esprits, sont considérés comme doués de pouvoirs et d'intentions), **du polythéisme** (croyance en l'existence d'êtres divins, causes des phénomènes), **et enfin du monothéisme** (Dieu, origine unique de tout phénomène).

B L'état métaphysique

• **Dans ce second état, l'esprit remplace les dieux par des entités abstraites, des concepts arbitraires.** Il détruit les mythes et essaie d'unifier le réel, de le rapporter à un principe unique. La raison manifeste une exigence : unifier les éléments du réel, les expliquer à partir d'une cause première.

C L'esprit positif

• **L'esprit positif ou encore « scientifique » est le troisième stade, celui qui renonce à la recherche des causes absolues** (le pourquoi) **pour s'attacher à celle des lois** (le comment). Il doit décrire comment les phénomènes s'enchaînent les uns aux autres. Le véritable objet de la science, ce sont les faits et leurs relations, non leurs causes ultimes.

• Dans le *Discours sur l'esprit positif*, **Comte caractérise l'esprit positif en développant les divers sens du terme « positif »**. Ce mot « désigne le réel par opposition au chimérique » : l'esprit positif s'attache au réel. Il est utile : il permet de prévoir et donc d'agir par la technique. « Science, d'où prévoyance ; prévoyance, d'où action ».

Le problème de l'origine de la connaissance

28

Lue Relue Apprise

La raison cherche à donner sens au réel, à l'expliquer, l'ordonner, l'unifier par la connaissance. Mais la connaissance vient-elle de l'expérience ou de la raison ?

1 La raison doit se méfier de l'expérience

A L'idéalisme platonicien

- Notre premier rapport au réel passe par les sens (vue, toucher...). Mais nos sens peuvent nous tromper, et voir n'est pas encore connaître.
- La connaissance, explique **Platon**, exige que l'on se méfie des informations issues des sens. La réalité n'est pas le **monde sensible**, qui n'en est qu'une pâle copie. **Par la raison, le philosophe se libère du sensible et accède à l'intelligible, lieu de la vérité.**

Lexique

Le **monde intelligible** par opposition au **monde sensible** (accessible par les sens) est celui de l'esprit où se trouvent les Idées, réalités véritables.

- Par exemple, le beau n'est ni une belle jeune-fille, ni une belle marmite, mais ce qu'elles ont en commun, la beauté, dont l'esprit doit dégager l'Idée, par **réminiscence**, en retrouvant en soi les Idées déjà présentes dans l'âme, mais oubliées lors de l'incarnation de l'esprit dans le corps. **Toute connaissance vient de la raison, non des sens.** (→ œuvre-clé, p. 115).

B Le rationalisme cartésien

- Rationalisme : courant philosophique selon lequel la raison est à l'origine de toute connaissance.
- Tout homme est doué de raison, mais cependant sujet à l'erreur. En effet, « ce n'est pas assez d'avoir l'esprit bon, mais le principal est de l'appliquer bien », ce que nous ne faisons pas toujours. Il faut donc suivre une **méthode**, que **Descartes** fonde sur quatre règles : **l'évidence** (n'admettre que ce qui est indubitable), **l'analyse** (diviser les difficultés), **la synthèse** (aller du plus simple au plus complexe), et **le dénombrement** (récapitulation).
- La raison doit procéder à partir d'idées innées, claires et distinctes. On connaît par **intuition** (vue indubitable par laquelle se présente l'évidence des idées claires et distinctes) et **déduction** (enchaînement logique à partir des évidences).
- Mais l'existence d'idées innées contraint à supposer un monde au-delà de celui dont nous faisons l'expérience, ou un Dieu garant de la conformité entre le réel et nos idées : elle fait appel à des principes métaphysiques dont on serait en droit de douter.

2 L'empirisme

- L'empirisme affirme que toute idée (et par suite, toute connaissance) ne dérive que de l'**expérience** et ne peut prétendre dépasser les limites qui sont celles de l'expérience.
- **Locke** : notre esprit n'est à l'origine qu'une table rase, vide de tout contenu. Ce n'est qu'à force d'expérience et d'habitude que naît la connaissance.
- Mais comment alors expliquer l'existence de concepts de relation dans notre esprit ? La causalité, par exemple, n'est pas donnée par l'expérience : j'aurais beau observer le feu et la fumée qui s'en échappe, je ne verrais jamais que du feu et de la fumée ensemble, non du feu *donc* de la fumée.

3 Le rationalisme critique de Kant

- **Kant** résout l'opposition entre empiristes et rationalistes : « si toute notre connaissance débute avec l'expérience, cela ne prouve pas qu'elle dérive toute de l'expérience. » Elle relève également d'un **travail de l'esprit**. En effet, par la sensibilité, les objets nous sont donnés (dans le temps et l'espace). Par l'entendement (faculté de comprendre et d'ordonner les données de l'expérience), ils sont connus. L'expérience seule, non ramenée à une idée générale, ne constitue pas plus une connaissance qu'une idée ne se rapportant à aucune expérience.
- Nous pouvons tout penser, mais nous ne pouvons pas tout connaître.

Connaître : appliquer un concept (idée générale) à une intuition (expérience).	**Penser** : activité de la raison lorsqu'elle va au-delà de l'expérience.
Concept + expérience	Idée qui dépasse l'expérience.
Entendement + intuition	**Raison** : faculté de désirer (va au-delà de l'expérience).
Limité par l'expérience	Illimité

Conséquence : on ne peut connaître que les **phénomènes** (ce que nous saisissons au travers de l'espace et du temps, par opposition à la chose en soi, inconnaissable).

Qu'est-ce que la religion ? 29

Lue Relue Apprise

Il existe différentes religions, mais s'interroger sur la religion suppose de penser ce qui est commun à toutes les religions.

1 Essai de définition

A Un fait de culture

- La religion est un **fait culturel**. Bien qu'elle puisse prendre des formes extrêmement diverses (il y a *des* religions), il s'agit d'un fait **universel** (pas de société connue sans religion).
- C'est un fait **fondamentalement humain** : la religion est liée à la **conscience** que l'homme a de sa **finitude**. Cette conscience le pousse à concevoir ce qui le dépasse, l'infini.

Lexique

Finitude : caractère mortel, fini dans le temps, non éternel.

B Le double aspect de la religion

- Selon **Bergson**, le terme renvoie à deux réalités que l'on doit nettement distinguer :

Deux aspects de la religion	La religion comme institution	La religion comme foi
Deux définitions	• Ensemble de croyances et de rites qui rassemble des hommes dans une même communauté religieuse. La religion est ici une **institution sociale**. C'est ce que Bergson nomme la « **religion statique** ».	• La croyance qui unit l'homme au sacré, à ce en quoi il croit. La « **religion dynamique** », selon Bergson.
Deux sources	• Une **source sociale** : la religion a pour fonction sociale d'unir les hommes, de réguler leurs actions (elle comporte un code de conduite, des règles). • Elle a aussi pour fonction de protéger l'homme de l'angoisse de la mort.	• Une **source spirituelle** : elle est respect et foi, lien entre l'homme et une puissance supérieure. La religion désigne ici l'attitude mystique.
Une étymologie latine discutée	• *Relegere* : « recueillir », « rassembler »	• *Religare* : « relier »

C La croyance en une réalité supérieure

- Toute religion suppose **une croyance en une réalité supérieure.** Cette réalité qui nous dépasse n'est pas obligatoirement un Dieu éternel et créateur (cf. le bouddhisme, par exemple).
- Toute religion manifeste un **essai de dépassement du donné** : le monde, tel qu'on peut en faire l'expérience, ne constituerait pas la totalité de ce qui est.

2 Distinctions essentielles

A Le sacré et le profane

- **Durkheim**, analysant la religion comme fait social fondamental, montre que **l'opposition entre sacré et profane est « la forme élémentaire de la vie religieuse »**, c'est-à-dire l'élément constitutif de toute religion, ce qui la définit et cimente la vie sociale :

– **le sacré** : le domaine ou l'ensemble de réalités (êtres, choses, lieux...) séparés du monde ordinaire dans lesquels se manifeste une puissance supérieure. Le sacré est ce qui est mis à distance, échappe à l'ordre du quotidien, et qui implique respect et précaution rituelle ;

– **le profane** : du latin *pro*, « devant, hors de » et *fanum*, « temple ». Le profane est tout ce qui est de l'ordre du quotidien, de la vie courante, hors du rapport religieux.

citation

« Une religion est un système solidaire de croyances et de pratiques relatives à des choses sacrées, c'est-à-dire séparées, interdites, croyances et pratiques qui unissent en une même communauté morale, appelée Église, tous ceux qui y adhèrent. »
Durkheim, *Les Formes élémentaires de la vie religieuse*.

B La croyance en question

- La religion s'oppose à **l'athéisme** (refus de l'existence de Dieu) et à **l'agnosticisme** (attitude de celui qui ne se prononce pas sur l'existence de Dieu).
- La **religion révélée** se fonde sur une Révélation divine. Ses dogmes peuvent être considérés comme inaccessibles à la raison. En revanche, la **religion naturelle** est l'œuvre de la raison qui conclut à la nécessité d'une cause première de toutes choses (Dieu).
- **Alain**, dans les *Propos*, distingue **la foi** de **la croyance naïve** :

– **la croyance, crédulité**, est une adhésion incertaine provoquée par la peur de se démarquer ;

– au contraire, ce en quoi on a **foi** n'est **pas démontrable**, mais exige une confiance inébranlable. Du latin *fides* (« confiance », « loyauté », « engagement »), la foi est un **engagement lucide**.

Les critiques de la croyance religieuse

30

Lue Relue Apprise

La religion a souvent été dans la ligne de mire des critiques des philosophes. Pour quelles raisons ?

1 Les dérives possibles du religieux

A La religion, lieu de l'irrationnel

- Pour croire, il faudrait mettre volontairement sa raison de côté : « **je crois parce que c'est absurde** », disait **Tertullien**. Dans la religion, **l'irrationnel a une valeur**, il est ce qui dépasse la raison. En effet, **comprendre** quelque chose, c'est le **dominer** : on ne peut comprendre Dieu.
- Le **fidéisme** est une position religieuse qui affirme que l'on ne peut accéder à une vérité religieuse que par la foi. La raison éloigne de Dieu. Ainsi, pour **Kierkegaard,** la foi est un saut irrationnel dans l'absolu qui relève d'une conversion, d'une expérience vécue personnelle, non d'un raisonnement.

B La raison contre la foi

- La **raison**, critique, cherche à expliquer, alors que **la croyance religieuse** se manifeste comme une **confiance** sans condition, sans explication. La **science** s'oppose alors à la religion qui prétend expliquer par l'inexplicable.
- La religion peut mener à des **dérives** lorsqu'elle est comprise comme ce qui remet en cause le rationnel et le raisonnable, par exemple lorsqu'elle incite au conflit, qu'elle est source de **dogmatisme** et, surtout, de **fanatisme**.

lexique

Dogmatisme : attitude qui consiste à rejeter tout doute et toute critique des dogmes auxquels on adhère.

Fanatisme : attitude de celui qui, fort de ses dogmes, cherche à les imposer aux autres par tout moyen, notamment par la violence.

2 La religion : une illusion ?

A Feuerbach : la religion comme idéalisation de soi

- **Pour Feuerbach, la religion est une production purement humaine.** Le divin n'existe pas hors de l'humain, il n'est que la projection imaginaire que l'homme fait de sa propre espèce. Tout dieu est anthropomorphe (c'est-à-dire « de forme humaine », puisque l'homme ne peut se le représenter que semblable à lui.) : « **la conscience de Dieu est la conscience de soi de l'homme** », mais l'homme n'en a pas conscience. Dieu n'est que l'image d'un homme parfait. La religion est une aliénation de l'essence humaine.

B Marx : religion et oppression

- **La religion est « l'opium du peuple** » : elle permet aux hommes de supporter la vie, la misère. Marx la considère comme **un moyen d'exploitation de l'homme par l'homme** : elle empêche la rébellion de la classe exploitée, qui croit qu'un bonheur est toujours possible dans l'au-delà.
- **Outil d'oppression, d'exploitation**, la religion entraîne la résignation des pauvres à leur condition misérable dans l'attente d'un au-delà meilleur. Elle console illusoirement, produit une espérance vaine. « La religion est le soupir de la créature opprimée, l'âme d'un monde sans cœur, comme elle est l'esprit de conditions sociales d'où l'esprit est exclu. **Elle est l'*opium du peuple*.** »

C Freud : la religion, une illusion née du désir

- La religion est également une **illusion** pour Freud. Réponse à une situation de faiblesse, elle comble non la misère matérielle, comme chez Marx, mais **la misère psychologique**.
- C'est une illusion qui provient du **désir d'être protégé** et qui **apaise l'angoisse humaine** : lorsque l'enfant se rend compte que ses parents, qu'il croyait parfaits, ne le sont pas, il est dans un état de détresse. Il projette dans un au-delà les attributs de toute puissance et de toute tendresse qu'il désirait voir ses parents assumer.
- La religion a donc pour effet **de reproduire à l'échelle sociale les relations de l'enfant à l'autorité parentale**. Dieu représente l'image du père parfait. En forgeant l'idée de Dieu, le croyant ressuscite la puissance paternelle.

citation

« Les idées religieuses […] sont des illusions, la réalisation des désirs les plus anciens, les plus forts, les plus pressants de l'humanité. »
Freud, *L'Avenir d'une illusion*

Spinoza, *Traité théologico-politique*

Œuvre-clé

Publié anonymement en 1670, le *Traité théologico-politique*, dans lequel Spinoza défend la liberté de penser, réfute l'existence des miracles et expose une méthode critique pour la lecture des Écritures saintes.

L'auteur

- Philosophe hollandais, Baruch Spinoza (1632-1677) gagne sa vie en tant que polisseur de verres. Longtemps accusé d'athéisme, ce dont il se défend, il sera autant critiqué qu'admiré.
- Considérées comme profanes, athées et blasphématoires, ses œuvres seront interdites en 1678 par les États de Hollande et de Frise occidentale sous la pression des autorités religieuses.
- **Œuvres principales** : *Éthique*, *Traité politique*, et *Traité de la réforme de l'entendement*.

Problématique générale de l'œuvre

- Quels rapports le théologique et le politique entretiennent-ils ? Quels doivent être les pouvoirs respectifs de la religion et de l'État ? Ces pouvoirs supposent-ils que soit limitée la liberté de philosopher et d'exprimer publiquement ses idées ? Telles sont les questions qui intéressent Spinoza dans cet ouvrage.

Thèses essentielles

- **La critique de la superstition***

– Mal comprise, la religion peut être, dans sa forme la plus naïve, le lieu de préjugés et de superstitions qui sont le fruit de l'imagination. Spinoza rejette l'idée d'un Dieu auteur de miracles.
– L'État utilise la religion de manière illégitime : il s'en sert comme prétexte pour asseoir sa domination et justifier la soumission des individus aux autorités religieuses.
– Les théologiens interprètent les textes sacrés à leur façon, et passent à côté de leur vérité. Spinoza propose « d'examiner l'Écriture avec un esprit neuf, sincère et libre », indépendamment de tout préjugé.
– La véritable religion enseigne la présence de Dieu dans la nature. Loin d'être transcendant, Dieu est partout. L'exigence de foi n'est autre que celle de justice et de charité, d'amour envers son prochain. La religion ainsi comprise concourt à la paix civile et devient l'auxiliaire de l'État.

« La fin de l'État est la liberté. »

– La réflexion politique de Spinoza pose pour principe que le caractère des hommes est passionné : n'écoutant pas leur raison, ceux-ci trouvent en l'État la possibilité de vivre en paix et libres.
– L'État doit être fort, fondé sur la raison, et, surtout, il doit garantir la liberté et la sécurité de tous : « la fin de l'État n'est pas de transformer les hommes, êtres raisonnables, en bêtes ou en automates, mais au contraire de faire en sorte [...] qu'eux-mêmes usent de leur libre Raison. [...] La fin de l'État est en réalité la liberté. »

L'exigence de laïcité et la défense de la liberté d'expression*

– Spinoza défend la laïcité, qui suppose une autonomie du politique par rapport au religieux et l'indépendance de la philosophie par rapport à la théologie et à la politique.
– L'État doit assurer les libertés fondamentales des individus, et notamment « la liberté accordée à l'individu de penser ce qu'il veut et de dire ce qu'il pense. » L'individu doit pouvoir vivre sa foi particulière (des cultes divers) à condition que cela ne trouble pas l'ordre public.
– Les diverses opinions, même contraires aux lignes de conduite de l'État, ne peuvent l'ébranler si son pouvoir est légitime, et préviennent les abus de pouvoir. Plus encore, elles sont nécessaires au bon fonctionnement de la société : « la liberté de philosopher [...] ne peut être supprimée sans supprimer en même temps la paix de l'État. » Un État qui supprimerait toute liberté de penser et de s'exprimer se heurterait bien vite à la haine populaire.

Plan de l'ouvrage :

– préface : critique des figures superstitieuses de la religion ;
– chapitres I à XII : critique de l'Écriture biblique, qui ne peut fonder les institutions politiques ;
– chapitres XIII à XV : les rapports qu'entretiennent foi et philosophie ;
– chapitres XVI à XIX : les fondements de l'État, ses liens avec l'Église ;
– chapitre XX : conclusion sur la liberté de philosopher dans un État libre et le rôle de la religion.

Les concepts clés

- **Superstition** : issue de l'imagination, la superstition consiste à croire à ce que l'imagination produit. Elle est une forme pervertie de la religion.
- **Liberté d'expression** : droit d'exprimer publiquement ses idées, mais à condition que cela ne nuise pas à la paix civile et ne soit pas source d'actes illégaux. Ce qui est exprimé doit provenir de la raison, non de la haine ou de la ruse.

La science

31

Lue Relue Apprise

■ Qu'est-ce qui caractérise la connaissance scientifique ?

1 Qu'est-ce que la science ?

A Caractéristiques de la connaissance scientifique

citation

« La science consiste dans la connaissance universelle. » Aristote, *Seconds analytiques*.

● **Dans la Grèce antique, la science est la saisie du vrai et de ses raisons.** Elle est spéculative. Elles porte alors sur toutes les dimensions du réel, et la philosophie (synonyme de « science » jusqu'au XVIIe siècle) en fait partie intégrante. **L'épistémè vise à répondre à la question « pourquoi ? ».** Par exemple, l'astronome ne cherche pas seulement à saisir les mouvements des planètes mais aussi à leur donner un sens, à comprendre le principe qui est au fondement de ces mouvements.

● **Aujourd'hui, la science vise d'avantage à répondre à la question « comment ? »** qu'au « pourquoi ? ». Elle cherche à rendre compte de phénomènes mécaniques afin de pouvoir expliquer les phénomènes (→ fiche repères expliquer/comprendre, p. 135).

● C'est pourquoi **elle a pour but d'élaborer une connaissance objective qui mette en évidence des lois universelles et nécessaires**.

B Les différentes sortes de sciences

● **Les sciences formelles**, comme la logique et les mathématiques, **reposent sur la cohérence des raisonnements et sont indépendantes de l'expérience**. Leur validité émane de la cohérence de leur raisonnement, de leur conformité aux règles de la logique. Les mathématiques, science hypothético-déductive, reposent sur des constructions de l'esprit (postulats et axiomes).

● **Les sciences de la nature**, telles que la physique et la biologie, **portent sur les objets réels et se rapportent aux données de l'expérience**. Elles réfutent ou admettent leurs théories par le biais de l'expérimentation.

● **Les sciences humaines s'intéressent à l'homme et aux diverses dimensions de son existence.** Elles comportent, entre autres, la psychologie, la sociologie, l'histoire et l'ethnologie. Elles cherchent à modéliser les comportements humains.

2 Les conditions de la science

A La rupture avec l'opinion

- Pour **Bachelard**, le premier **obstacle épistémologique** est l'opinion. « L'opinion pense mal, elle ne pense pas : elle traduit des besoins en connaissances. » (*La Formation de l'esprit scientifique*). Issue d'un regard utilitaire, **l'opinion juge selon les apparences et ne s'interroge pas, alors que la démarche scientifique commence par la capacité à poser des problèmes.**

lexique

Obstacle épistémologique : obstacle présent « dans l'acte même de connaître », ce qu'il faut surmonter pour arriver à l'esprit scientifique

- **Sans fondement, l'opinion affirme de manière dogmatique, alors que la science démontre ses théories.** Ainsi, l'esprit scientifique est celui qui sait se méfier de la sensation, du sens commun, de l'habitude et du langage ordinaire, autant de facteurs qui contribuent à la formation de l'opinion. Ainsi, « l'esprit scientifique doit se former en se réformant. » (*Ibid*).

B Le critère de scientificité

- Comment distinguer théorie scientifique et théorie non scientifique ? **Pour Karl Popper, une théorie est scientifique si elle est falsifiable**, c'est-à-dire si l'on peut la tester dans le réel.
- Plus précisément, **la falsifiabilité** suppose que l'on puisse imaginer à quelles conditions expérimentales la théorie pourrait être considérée comme fausse. On doit donc pouvoir imaginer une expérience qui, si elle se produisait, permettrait de dire que la théorie est fausse.

piège à éviter

Ne pas confondre « falsifié », qui signifie rendu faux, et « falsifiable », qui veut dire susceptible d'être rendu faux. Popper ne veut pas dire ici que les théories doivent être fausses !

- Popper en déduit que **la théorie de Freud**, selon laquelle il existerait en l'homme un inconscient qui serait à l'origine de nos comportements, n'est **qu'une pseudoscience, non une théorie scientifique** (→ fiche 18, p. 51).

Théorie et expérience dans la connaissance scientifique

32

Lue Relue Apprise

Comment s'élabore une théorie scientifique ? Vient-elle de l'expérience ou requiert-elle des connaissances antérieures ?

1 L'expérience source de connaissance

A La théorie procède de l'observation

- Dans une **perspective empiriste** (→ fiche 28, p. 82), on sera tenté de dire que **les théories s'élaborent par induction**, c'est à dire par généralisation à partir d'une série d'observations concordantes. L'induction est un **raisonnement qui tire des lois générales à partir de cas particuliers** et qui a la forme suivante : « si de nombreux A sont observés dans des circonstances variées, et si tous ceux qui ont été observés sans exception possèdent la propriété B, alors tous les A doivent posséder la propriété B. »
- **On part de l'observation des faits**, ce qui semble fournir une base sûre à la science, dans la mesure où l'expérience représente le concret, le solide, le vérifiable. En tant que méthode, l'induction doit respecter des conditions.

B Les conditions de l'induction

- Le nombre d'énoncés d'observation formant la base de la généralisation doit être élevé. Il ne suffit pas d'avoir observé deux chats gris pour en induire que tous les chats sont gris.
- **Les observations doivent être répétées dans plusieurs conditions.** Si je n'observe des chats que dans le noir, tous me paraîtront gris.
- **Aucun énoncé d'observation ne doit entrer en conflit avec la loi qui en est dérivée.** Quand je vois un chat blanc, même si tous ceux que j'ai observés auparavant étaient gris, je ne peux pas affirmer que tous les chats sont gris.

2 Remise en cause du processus inductif

A Les problèmes posés par l'induction

- **Le problème de la légitimité du passage du général à l'universel** : est-on autorisé à passer de la généralité toute relative d'une expérience devenue habituelle à l'universalité stricte de la loi ? Ce n'est pas parce que je n'ai jamais vu que des chats gris que je peux en conclure que tous les chats sont gris. (→ fiche repères : universel / général, p. 145).

● **Le caractère arbitraire des conditions de l'induction** : combien d'observations faut-il accumuler pour en obtenir un grand nombre ? C'est l'observateur qui décide à un moment donné que ses observations sont suffisantes, décision qui présente un risque de subjectivité. **Quelles circonstances doit-on faire varier ?** Il faut éliminer les variations superflues, lesquelles ne se distinguent des variations significatives qu'en ayant recours à notre connaissance de la situation et des types de mécanisme qui y opèrent. **La théorie joue donc un rôle crucial par rapport à l'observation, et la précède.**

B Il n'y a pas de fait brut : l'expérience dépend de théories antérieures

● L'expérience commune est un obstacle épistémologique : **l'observation véritable, en science, doit rompre avec l'opinion**, « se former en se réformant », ainsi que l'écrit **Bachelard**.

● **Le scientifique** ne se borne pas à recevoir des impressions sensibles lorsqu'il observe, il **met en œuvre des théories antérieures, qui l'amènent à interroger le réel**. Il n'y a pas de fait brut, indépendant de toute théorie qui le précède, il n'y a pas d'observation sans questionnement préalable lié lui-même à des théories antérieures.

● La méthode expérimentale telle que la décrit **Claude Bernard** met en avant l'**interaction continuelle du travail de l'esprit et de l'expérience**. Cette méthode comprend **trois étapes** : l'**observation** (non la constatation décousue de faits bruts réunis au hasard, mais l'analyse guidée par un questionnement, qui réunit les faits à expliquer), l'**élaboration d'hypothèses** permettant d'expliquer les faits, et enfin l'**expérimentation** pour tester chaque hypothèse.

Citation

« Dans l'échange entre la théorie et l'expérience, c'est toujours la première qui engage le dialogue. C'est elle qui détermine la forme de la question, donc les limites de la réponse. » François Jacob, *La Logique du vivant.*

C L'expérimentation est elle aussi empreinte de théorie

● L'expérimentation, ensemble des procédures et des moyens de contrôle destinés à vérifier une hypothèse, est élaborée par le savant et suppose la mise en œuvre de montages techniques appropriés. Elle use d'instruments, qui sont eux-mêmes empreints de théories antérieures. **Il n'y a pas d'expérimentation indépendante de toute théorie.**

Les sciences formelles

33

Lue Relue Apprise

Les sciences formelles procèdent par démonstration. Que signifie démontrer ?

1 Les distinctions essentielles

- Du latin *demonstrare*, « montrer en partant de », la démonstration est l'opération par laquelle **l'esprit déduit nécessairement une conclusion d'hypothèses de départ admises comme vraies**.
- **Il faut distinguer une véritable démonstration**, conforme aux règles du raisonnement énoncées par la logique, **et un sophisme**, raisonnement qui donne l'apparence de la validité, mais ne respecte en fait pas les règles logiques. Ex. : « Tous les ânes bon marché sont rares ; tout ce qui est rare est cher ; tous les ânes bon marché sont chers » est un sophisme. **Aristote montre que pour être valide** (vrai formellement, cohérent), **le raisonnement doit avoir la forme d'un syllogisme**. Ex. : « Tous les hommes sont mortels ; Socrate est un homme ; Socrate est mortel ».
- Distinguer les diverses formes de justifications à l'œuvre dans les sciences :

Démontrer	Prouver	Argumenter
Déduire de deux hypothèses de départ une conclusion nécessaire. Objectif : la validité qui ne peut être remise en cause par la raison. Une vérité démontrée est universelle et doit être admise par tout être doué de raison.	**Montrer**, exhiber des preuves (indices matériels) **en ayant recours à l'expérience sensible**.	**Justifier ses idées par des raisons.** Agencer des propositions afin de convaincre son interlocuteur de la thèse que l'on soutient en faisant appel à sa raison, mais sans pouvoir obtenir nécessairement son adhésion.
Sciences formelles (logique et mathématiques)	**Sciences expérimentales**	**Sciences humaines**
Critère : conformité aux règles de la raison.	Critère : conformité au réel, vérité.	Critère : pertinence.

2 La rigueur de la démonstration

A Les mathématiques : le lieu de la démonstration par excellence

● La démonstration se caractérise par **une rigueur de pensée** : elle fait appel aux lois de la raison, et chacun peut la refaire à son compte. Les mathématiques s'imposent comme le mode de pensée par excellence dont **la méthode rigoureuse prémunit contre toute illusion et contre toute erreur**. Elles consistent en démonstrations rationnelles dont la nécessité ne laisse aucune place au doute ni à la subjectivité.

Citation

« Il n'est qu'une façon de s'imposer par une autorité qui n'emprunte rien au dehors, [...] la démonstration. » Jean Cavaillès, *Sur la logique et la théorie de la science.*

B La démonstration est universelle

● Ce qui fait la force de la démonstration, c'est qu'elle n'a pas recours à l'expérience souvent trompeuse, elle se déroule d'elle-même et se définit comme **un discours dont la conclusion est non seulement nécessaire, mais aussi universelle**.

3 Les limites de la démonstration

A Un point de départ indémontrable

● Les mathématiques sont une science hypothético-déductive : toute démonstration mathématique se déroule à partir de principes que l'on nomme « définitions », « axiomes », ou encore « postulats », suivant leur statut. Or, ces principes ne peuvent être démontrés.

● **Pascal** fait remarquer que **vouloir tout démontrer reviendrait à s'engager dans une régression à l'infini** : pour démontrer telle proposition il faut partir de telle autre, qui à son tour devra être démontrée... Et ce, à l'infini : on n'en aura jamais fini de tout démontrer.

B Le problème du rapport au réel

● Formelle, **la démonstration ne nous assure pas de la vérité de sa conclusion**. Ainsi, le syllogisme suivant : « tous les chats ont quatre pattes ; tout ce qui a quatre pattes aboie ; donc tous les chats aboient » est valide, mais n'est pas vrai. **Il faut distinguer la validité**, cohérence formelle du raisonnement, **et la vérité**, qui suppose un rapport de conformité au réel (→ fiche 38, p. 109).

● **Le recours à l'expérience est nécessaire pour établir des vérités de fait.** Par exemple, la proposition « il pleut » ne peut se démontrer.

● Affirmer qu'il n'est de vérité que démontrée, c'est supposer que tout est rationnel et explicable. Ne peut-on pas douter de ce principe ?

Bachelard, *La Formation de l'esprit scientifique*

Œuvre-clé

Dans cet ouvrage publié en 1938, Bachelard s'intéresse à la science et à ses conditions psychologiques.

L'auteur

- Gaston Bachelard (1884-1962) débute sa carrière en tant qu'employé des postes. En vue de préparer le concours d'ingénieur des Télégraphes, il passe une licence de mathématiques. Mobilisé lors de la guerre 1914-1918, il devient ensuite professeur de physique et de chimie. Agrégé de philosophie en 1922, il commence une carrière universitaire en tant qu'enseignant d'histoire et de philosophie des sciences.
- **Considéré comme un sage à la barbe blanche, Gaston Bachelard fut un travailleur acharné à la carrière prodigieuse.** Il reçut le grand prix national des Lettres pour son œuvre qui comprend notamment *Le Nouvel Esprit scientifique* (1934), *La Formation de l'esprit scientifique* (1938), *Le Matérialisme rationnel* (1953), ainsi que *La Poétique de l'espace* (1957) et *La Poétique de la rêverie* (1960).
- **Bachelard oriente principalement sa réflexion sur les méthodes et fondements de la connaissance scientifique** et renouvelle profondément l'épistémologie en s'attaquant aux dogmes de son temps.

Problématique générale de l'œuvre

- **Cet ouvrage**, sous-titré *Contribution à une psychanalyse de la connaissance objective*, **met en évidence les obstacles que rencontre la science** : l'objectivité scientifique n'est jamais définitivement acquise, elle suppose une rupture avec l'affectivité, avec les représentations individuelles ou collectives qui constituent autant d'**obstacles épistémologiques*** qui freinent sa progression.

Thèses essentielles

- **Les conditions psychologiques des progrès de la science.** La connaissance scientifique, loin d'être immédiate, ne progresse qu'en combattant les obstacles épistémologiques, ces représentations qui entravent l'esprit du chercheur dans l'acte même de connaissance.

- **Le premier obstacle à surmonter est l'opinion**. Le véritable esprit scientifique est celui qui sait penser contre l'opinion et poser des problèmes, interroger ce que l'opinion croit illusoirement pouvoir expliquer. L'opinion, idée reçue sans analyse, préjugé non interrogé, est fondée sur la recherche de l'utilité (quel est l'effet de… ?), et non sur celle des rapports entre les phénomènes (comment ?). Ainsi, l'esprit scientifique doit s'en libérer afin de pouvoir interroger la nature.
- L'opinion croit savoir. Au contraire, **le scientifique est d'abord celui qui sait qu'il ne sait pas, celui qui a le sens du problème**. La science est une perpétuelle reconstruction, faite de remises en cause et de rectifications permanentes.
- La science commence donc toujours par une question posée à la nature, par une interrogation. **Le scientifique n'est pas celui qui trouve des solutions, mais d'abord celui qui pose les problèmes, remet en cause les idées reçues aussi bien que les théories antérieurement admises** : « l'esprit scientifique doit se former en se réformant ». Il faut purifier la raison des illusions, des mythes qui font obstacle à son objectivité.
- Face aux crises que connaît la science au début du XXe siècle, notamment celles de la relativité et du déterminisme, Bachelard élabore le concept de **coupure (ou rupture) épistémologique*** : la science ne progresse pas de façon continue, linéaire, ainsi que l'affirment les positivistes comme Auguste Comte (→ Fiche 27, p. 80), mais par rupture avec les principes antérieurement admis par la communauté scientifique, par changement radical de méthode et de concepts.
- Toute connaissance s'élabore contre une connaissance antérieure. Ainsi, l'évolution de la science suppose une remise en cause constante des théories actuellement admises : « On connaît contre une connaissance antérieure, en détruisant des connaissances mal faites, en surmontant ce qui, dans l'esprit même, fait obstacle à la spiritualisation. »

Les concepts clés

- **Obstacle épistémologique :** tout ce qui, dans l'acte même de connaissance, empêche la science de progresser (*épistémè*, en grec, signifie « science »).
- **Coupure épistémologique** : remise en cause des théories, concepts et méthodes scientifiques antérieurs.

Le temps

34

Lue Relue Apprise

Cadre de toute expérience possible, le temps, bien que quotidiennement vécu, reste difficile à concevoir.

1 Qu'est-ce que le temps ?

A Un concept difficile à définir

- Même si nous faisons continuellement l'expérience du temps, il est difficile de le définir rigoureusement. « Qui pourrait le définir ? Et pourquoi l'entreprendre puisque tous les hommes conçoivent ce que l'on veut dire en parlant du temps, sans qu'on le désigne davantage ? » (Pascal, *De l'esprit géométrique*).
- Il faut d'abord distinguer *un* temps et *le* temps :

– ***Un* temps** est **ce qui sépare deux événements** (par exemple, le lever du soleil et son coucher). Un temps est toujours fini, limité, mesurable ;

– ***Le* temps** désigne **le changement perpétuel transformant le présent en passé.**

B Deux façons d'appréhender le temps

Selon **Bergson**, le temps peut être considéré de deux manières :

- **Le temps objectif : celui qui rythme la vie sociale**, mesurable, quantitatif, spatialisé (représenté et mesuré sur une montre, par un espace parcouru par une aiguille), découpé (en mois, jours, année...). Il est homogène, (1 h 00 = 1 h 00), nous ne pouvons le raccourcir ni l'allonger. Produit de l'**intelligence**, il permet de coordonner les actions humaines.
- Mais cette conception du temps, trop réductrice, fait manquer une dimension fondamentale du temps que l'**intuition** nous fait découvrir : sa dimension **vécue**. Au temps objectivé, Bergson oppose la **durée, le temps vécu, subjectif**, continu, qui dépend de nos attentes, de nos espoirs, de notre occupation... Ce temps est « élastique » : une heure d'ennui paraît durer « des heures », alors qu'une heure de joie « passe trop vite ».

Lexique

Chez **Bergson,** il existe une distinction conceptuelle entre :

- l'**intelligence**, faculté d'adaptation qui vise l'utilité et découpe le temps pour faciliter l'action.
- l'**intuition**, rapport immédiat entre l'esprit et l'objet, qui, au contraire, saisit les choses de façon continue et dans leur réalité même.

2 Les caractéristiques du temps

A Le temps est un flux ininterrompu.

- Il s'écoule sans s'arrêter : « le temps passe ». Mais est-ce le temps ou les événements qui passent ? Car le temps, lui, est toujours là. Tout change, tout est nouveauté. On ne se baigne jamais deux fois dans le même fleuve, selon **Héraclite**. Sans changement, on ne se rendrait pas compte du temps qui passe (comme dans le sommeil).
- On ne peut arrêter le temps. On peut le déplorer, mais si le temps s'arrête, plus rien ne passe, tout est présent, pas de mouvement, ni de changement. Le temps est donc synonyme de **changement**, mais aussi de **vie** (pas de vie sans mouvement).

B Le temps est irréversible.

- Une action commise l'est pour toujours, elle ne peut être effacée. Le temps perdu ne peut donc se rattraper. Cette idée peut amener au **désespoir**, d'autant plus que notre existence est brève : chaque instant qui passe nous rapproche un peu plus de notre **mort**. Mais cette irréversibilité semble nécessaire : elle amène **l'ordre** et donc la possibilité de l'action.

C Le temps : une idéalité ?

- Le temps est constitué du passé, du présent, et du futur. Mais ces trois temps existent-ils en dehors de la conscience que nous en avons ?
- **Saint Augustin** : le passé n'est plus, l'avenir pas encore, et le présent n'existe qu'en tant qu'il s'écoule dans le passé, qu'il tend à n'être plus. Le temps est la **conscience** que nous avons des choses passées, présentes et à venir. Il existe « dans l'âme » sous forme de mémoire (conscience du passé), de perception (conscience du présent), et d'attente (conscience de l'avenir).
- **Kant** : le temps et l'espace sont des *formes a priori de la sensibilité*, des structures de notre esprit par lesquelles nous ordonnons nos impressions sensibles. On perçoit toujours les choses dans un temps et dans un espace donnés.
- Mais on ne peut nier les changements : le vieillissement, l'usure... semblent exister en dehors de nous. Une idéalité peut-elle nous entraîner vers une réalité aussi tragique que la **mort** ? Pour **Bergson,** même le plus grand philosophe, s'il veut boire de l'eau sucrée, devra attendre que le sucre fonde. La nécessité de l'attente nous montre la **réalité** du temps.

Lexique

Idéalité : ce qui n'existe que dans notre esprit, en tant qu'idée, et non réellement, indépendamment de nous.

La temporalité de l'existence

35

Lue Relue Apprise

L'homme ne se contente pas d'être ou de vivre, il existe : comment réagir face à l'angoisse de la temporalité de l'existence ?

1 Faut-il déplorer le caractère temporel de l'existence ?

A Le désir d'éternité

- Prendre conscience de son existence, c'est se saisir comme être fini, comme « être pour la mort », comme le dit **Heidegger**, c'est donc prendre conscience de **la caducité de notre existence**, de son caractère tragique.
- Face à **l'angoisse** que peut générer cette idée, l'homme ressent un **désir d'éternité**, qui inspire notamment **la conception cyclique du temps** (mythe de l'éternel retour : tout recommence constamment), mais aussi les **religions** (idée d'un au-delà éternel qui permet de ne pas avoir peur du temps ni de la mort), la **procréation** (l'enfant est une promesse d'immortalité), la **création** (l'artiste est présent par ses œuvres et dans la mémoire de ceux qui les contemplent), et l'idée d'une **mémoire** que les autres ont de nous.
- On se console de la temporalité de l'existence en se pensant éternel. Mais c'est illusoire : on se « **divertit** » au sens pascalien du terme, on détourne son esprit, on le distrait, pour qu'il ne soit plus porté à se soucier de la mort et de la vanité de l'existence.

B L'existence comme projet, l'aspect créateur du temps

- **Heidegger** : l'homme, cet « être des lointains », projette ses soucis et ses rêves sur l'avenir et peut se référer au passé. Il n'est pas englué dans sa situation présente. Tous ses actes présents n'ont de sens qu'en fonction du futur qu'il envisage. Le **projet** donne **un sens à l'existence**. Or, il est réalisable grâce au **temps** qui permet le changement.
- *Être* se dit en deux sens, « essence », ou « existence » :

– **essence** : ce qui constitue une chose, sa nature. Ensemble des caractéristiques nécessaires de cette chose, ce sans quoi elle ne serait pas ce qu'elle est ;
– **existence** : fait pour une chose d'être. En latin, *ex-sistere* : « surgir hors de soi, être avant d'être *quelque chose.* »

L'existence, si on la considère comme première chez l'homme par rapport à l'essence, permet de comprendre la **liberté** et le rapport au temps.

2 Essence et existence

A L'essentialisme

La philosophie essentialiste, prégnante jusqu'au XIXe siècle, affirme **la primauté de l'essence** parce que l'existence est toujours existence de *quelque chose*. Il faut distinguer :

- **L'essentialisme théologique** : les essences, éternelles, existent dans un monde supraterrestre ou en Dieu. L'homme est d'abord une essence à laquelle on donne l'existence. Il est prédestiné. L'existence ne serait alors que l'actualisation de l'essence (→ Repères : « en acte/en puissance », p. 132). Pour **Platon**, au lieu d'enrichir l'essence qu'elle actualise, l'existence l'appauvrit, elle n'est toujours qu'une incarnation imparfaite de l'essence. Platon distingue **le monde intelligible**, monde des essences, des Idées, modèles de toutes choses, du **monde sensible**, monde des existences. Le monde sensible possède un degré d'être bien réduit parce qu'il est éphémère : la négativité de l'existence est due à sa **finitude** (son caractère mortel).
- **L'essentialisme conceptualiste** : nous avons des idées générales (concepts) représentant l'essence des choses, et non seulement des images particulières. Ces essences ne sont pas dans un monde à part, mais seulement dans les esprits des êtres pensants.

B L'existentialisme

- **Sartre** inaugure l'existentialisme athée qui affirme que l'homme *existe* avant *d'être* quelque chose. (→ œuvre-clé, p. 69). « L'existence précède l'essence » : à sa naissance, l'homme n'est pas prédestiné, son existence ne consiste pas à dérouler, à actualiser une essence.
- Dire que l'homme existe, c'est dire qu'il va toujours au-delà de lui-même : il n'est jamais quelque chose de figé, il se fait ce qu'il est, il donne un sens à son existence, au travers du **projet**.
- Parce que le temps est condition nécessaire du changement, de la création, il est source de liberté, de projet, de la possibilité de donner un sens à l'existence. Certes, cette liberté, par laquelle chacun porte l'entière **responsabilité** de son existence et assume sa **contingence**, est angoissante : la **mauvaise foi** consiste à nier cette responsabilité, afin de se déculpabiliser. Mais la liberté est source de création de soi par soi. Exister, c'est, au sens sartrien du terme, assumer sa **liberté**.

Lexique

Mauvaise foi : chez Sartre, fait de se mentir à soi-même.

Augustin, *Les Confessions (XI)*

Œuvre-clé

Dans le livre XI des *Confessions*, Augustin s'interroge notamment sur le temps.

L'auteur

- C'est à Thagaste (dans l'actuelle Algérie) que naît Augustin en 354, d'un père païen et d'une mère chrétienne. Il mène d'abord une vie dissolue, qu'il conte dans ses *Confessions*. **Sa vie est celle d'une quête, de la quête de Dieu**, découvrira-t-il plus tard, après avoir cédé aux appels de la chair et aux illusions de diverses croyances qu'il récusera par la suite. **Sa vie sera bouleversée par le néo-platonisme et les thèses de Plotin.**
- **En 386, Augustin se convertit an christianisme.** Baptisé puis ordonné prêtre, il fut choisi par les fidèles d'Hippone pour remplacer leur évêque en 395. C'est avec dévotion qu'il accomplit ses obligations épiscopales. Il n'a de cesse de défendre le christianisme contre les diverses formes d'hérésie que sont le manichéisme, le donatisme, le pélagianisme et l'arianisme.
- Il meurt en 430, en pleine invasion barbare, dans une Hippone assiégée par les Vandales. Ce faisant, il assiste aux prémisses de la chute de l'Empire romain, qui aura lieu en 476.
- Père de l'Église, **Saint Augustin est le premier philosophe chrétien à élaborer une synthèse philosophique et théologique de la pensée antique et de la pensée chrétienne**.

Problématique générale de l'œuvre

- *Les Confessions*, **œuvre littéraire et philosophique aux accents biographiques**, narrent **l'itinéraire spirituel d'Augustin**. Païen sensuel à la vie débridée, en quête d'un objet apaisant ses angoisses et insatisfactions, il marche vers l'objet véritable de l'amour, Dieu. C'est de cette conversion au christianisme et de ses difficultés et apports que témoignent *Les Confessions*. **Dans le livre XI**, partant de la question « que faisait Dieu avant la création du monde ? », **il en vient à se demander ce qu'est le temps**.

Thèses essentielles

- **Le temps : une énigme.** Si, comme l'affirme le monothéisme, Dieu est éternel et, de ce fait, au-delà du temps, comment peut-on concevoir un contact entre cette transcendance et l'homme, soumis au temps et marqué de finitude ? Cette question amène Augustin à mettre en évidence les **contradictions qui surgissent lorsque l'on analyse le temps**.

- D'abord, on ne peut concevoir ce qu'il y avait avant la création du temps, car l'idée même d'un avant suppose l'existence du temps. Ensuite, force est de constater, ainsi que l'écrit Augustin, que nous nous heurtons à des difficultés pour concevoir ce qu'est le temps : « Qu'est-ce donc que le temps? Si personne ne m'interroge, je le sais ; si je veux répondre à cette demande, je l'ignore. »

- **Le temps disparaît constamment.** Ce qui nous fait dire qu'il y a du temps, c'est le fait que les choses passent. Mais force est de constater que le passé n'est plus, que le futur n'est pas encore, et que le présent n'est qu'en tant qu'il vole vers le passé, sans quoi, s'il était constamment présent, il serait l'éternité*. **Augustin en conclut que « ce qui nous autorise à affirmer que le temps est, c'est qu'il tend à n'être plus ».**

- **Le temps est dans l'esprit.** Comment se fait-il que nous parlions de moments plus ou moins longs ? C'est que le temps est **expérience subjective**. Objectivement, le passé n'est plus, le futur pas encore, et le présent n'est que parce qu'il tend à n'être plus.

- La conscience du temps, qui nous fait ressentir celui-ci comme plus ou moins long, n'est donc qu'une **distension de l'âme*** que la mémoire (conscience du passé), l'attention (conscience du présent) et l'anticipation (conscience du futur) rendent possible. « **Il y a trois temps**, le présent du passé, le présent du présent et le présent de l'avenir. Car ce triple mode de présence existe dans l'esprit ; je ne le vois pas ailleurs. **Le présent du passé, c'est la mémoire ; le présent du présent, c'est l'attention actuelle ; le présent de l'avenir, c'est son attente.** »

Les concepts clés

- **Éternel :** ce qui n'a ni début ni fin (et pas simplement ce qui est immortel), ce qui est atemporel.
- **Distension de l'âme :** détente de l'esprit qui se représente ce qui n'est plus et ce qui n'est pas encore, conscience présente du passé (mémoire) et du futur (anticipation).

Le travail et la technique

36

Lue Relue Apprise

Manifestations culturelles, travail et technique sont des moyens par lesquels l'homme transforme la nature.

1 Définitions et origines

citation

« Le travail est la modification utile du milieu opérée par l'homme. »
Auguste Comte, *Système de politique positive*

A Définitions

- **Travail : activité de transformation de la nature à des fins utiles.** La femme est « en travail » lorsqu'elle accouche, l'ouvrier qui produit et l'élève qui étudie travaillent également.
- **Technique** : du grec *technè*, « art », « habileté », **tout procédé ou moyen permettant d'obtenir un but prédéterminé.** On parle aussi bien de la technique de la dissertation que de celle du forage d'un puits de pétrole.

B Origines du travail et de la technique

- **Le travail naît de la nécessité, pour l'homme, de produire les biens nécessaires à sa survie.** Il exclut une nature prolifique telle que **Rousseau** la dépeint dans l'état de nature (→ œuvre-clé, p. 77). L'homme doit travailler parce que la nature ne lui fournit pas d'emblée de quoi satisfaire ses besoins.
- **La technique trouve également son origine dans le besoin.** Le mythe de Prométhée auquel fait référence le *Protagoras* de **Platon** raconte que, le Titan Épiméthée ayant oublié de donner aux hommes les attributs nécessaires à leur survie, son frère Prométhée décida de voler à Héphaïstos et à Athéna la connaissance des arts et le feu pour les donner aux hommes. La technique fut alors possible et permit à l'homme de survivre.

C Caractéristiques du travail et de la technique

- Cueillir une pomme sur un arbre pour la manger immédiatement, ce n'est pas travailler. En revanche, ramasser toutes les pommes de cet arbre pour les stocker en vue d'une consommation ultérieure, cela relève du travail **: il y a travail lorsque nous produisons plus que ce dont nous avons immédiatement besoin, en vue d'une satisfaction à venir. Le travail suppose l'anticipation, le projet, l'attente.**
- Pour **Bergson**, l'homme se définit comme *homo faber* (homme qui fabrique des outils) avant d'être *homo sapiens* (homme capable de savoir) : **l'intelligence est d'abord source de technique.** « Pour définir notre espèce [...], nous ne dirions peut-être pas *homo sapiens*, mais *homo faber*. En définitive, l'intelligence, envisagée dans ce qui en paraît être la démarche

originelle, est la faculté de fabriquer des objets artificiels, en particulier des outils. » (*L'Évolution créatrice*).

2 Distinctions conceptuelles

A Travail et loisir

● **Le travail s'oppose au loisir et au jeu** : si le premier, lié à la nécessité, vise des fins utiles et suppose effort, sérieux, pénibilité, les seconds, en revanche, sont de l'ordre du contingent et du luxe, désintéressés (on n'y recherche que le plaisir) et supposent la jouissance.

étymologie

« **Loisir** » se dit en grec *skolè*, qui a donné *école* : le loisir est de l'ordre du plaisir de l'esprit, alors que le travail est de l'ordre de la contrainte du corps.

B Travail et œuvre

● Le travail est d'autant plus dévalorisé qu'il produit des biens **éphémères**, voués à être consommés et donc à disparaitre.

● **Hanna Arendt** propose alors de le distinguer de **l'œuvre**, par laquelle nous produisons les objets **durables** permettant d'habiter le monde, objets destinés à l'usage et non à la consommation (bâtiments, mobilier, œuvres d'art...).

C Technique et art

● Longtemps confondues, l'activité de l'artisan (le technicien) et celle de l'artiste se distinguent par plusieurs aspects :
- la technique recherche l'utilité, vise un but externe/ l'art est désintéressé ;
- l'objet technique est utilisé, usé, éphémère/ l'œuvre d'art est un défi au temps ;
- la **production** technique use de **règles** précises/ la **création** artistique suppose **génie** et **talent** (→ fiche 5, p. 13).

D Outil et machine

● **L'outil** est pensé puis créé en vue de sa fonction. Il est un prolongement du corps qui le meut et qui en est la force : « l'outil le plus raffiné reste au service de la main qu'il ne peut guider ni remplacer. » (H. Arendt, *Condition de l'homme moderne*).

● En revanche, **la machine** comporte en elle-même sa source d'énergie et se meut par elle-même : « la machine la plus primitive guide le travail corporel, et éventuellement le remplace tout à fait. » (*Ibid.*)

Ambivalence du travail et de la technique

37

Lue Relue Apprise

Le travail de l'homme engendre la technique qui, inversement, détermine les conditions du travail. Doit-on y voir une libération ou une soumission ?

1 Les remises en cause du travail et de la technique

A Le travail : une activité animale et aliénante

- Du latin *tripalium*, « instrument de torture », le travail renvoie à l'idée de **pénibilité** et de **soumission**. La *Genèse* en fait la **punition** du péché originel : l'homme doit gagner son pain à la sueur de son front, et la femme doit enfanter dans la douleur (on parle du « travail » de l'accouchement). **Le travail serait une malédiction.**

- Même si l'on parle aujourd'hui de travail intellectuel, **le travail a longtemps été restreint au domaine manuel, et lié au biologique. Aristote** montre que l'esclave travaille afin que le maître puisse disposer de **temps libre**, avoir une existence détachée des préoccupations animales que sont les besoins, et s'adonner à **l'activité politique (*praxis*) et contemplative (*theôria*)**. Parce qu'il est cantonné à une activité animale, l'esclave ne peut être considéré comme humain : il n'a pas le **loisir** de s'adonner aux activités humaines qui sont celles de l'esprit. **Le travail (*poïèsis*) est une activité animale parce qu'il est lié à la nécessité biologique.**

> **citation**
> « Quand les navettes marcheront toutes seules, nous n'aurons plus besoin d'esclaves. » Aristote, *La Politique*.

B Influence de la technique sur le travail

- **Rousseau met en évidence les dangers du progrès technique**, montrant la différence entre l'homme à l'état de nature, qui porte tout entier ses forces avec soi, et l'homme civilisé, perdu lorsqu'il est privé des moyens techniques (→ œuvre-clé, p. 77).

- **La technique, en se développant, transforme le travail qui devient de plus en plus mécanique.** Avec le taylorisme (fin XIXe siècle), on divise les tâches, on proscrit les gestes inutiles pour plus de rentabilité, mais le travail est dans ces conditions moins épanouissant.

- **Marx** critique le travail moderne (ouvriers salariés) en vue de réorganiser le travail en fonction des besoins réels de l'humanité. La forme capitaliste du travail donne lieu à **l'exploitation de l'homme par l'homme** : le travailleur ne possède pas le fruit de son travail, mais reçoit un salaire qui lui permet de survivre, pour produire encore plus. Il n'est qu'**une force de travail**, une **marchandise qui se vend.** Le travail doit servir à satisfaire les besoins, non à enrichir un chef d'entreprise, sinon, il est **aliénant : au lieu de libérer l'homme, il l'enchaîne.**

2 Technique et travail, sources de liberté

A Le travail comme manifestation de l'humanité

- **Une vision positive du travail** émerge lorsqu'on le considère comme manifestation de l'esprit, moyen de prise de conscience de soi et source d'intégration dans la société.
- **Marx affirme le caractère proprement humain du travail** dans lequel l'homme agit suivant **un projet conscient et volontaire,** subordonnant sa volonté à son projet. Le travail manifeste ainsi l'intelligence. La maison de l'architecte, **pensée** puis construite selon un schéma préétabli, se distingue de la ruche de l'abeille qui résulte d'une activité **instinctive**.

citation

« Ce qui distingue dès l'abord le plus mauvais architecte de l'abeille la plus experte, c'est qu'il a construit la cellule dans sa tête avant de la construire dans la ruche. » Marx, *Le Capital*.

- Pour **Hegel**, le travail diffère la satisfaction des besoins et arrache l'homme à son existence immédiate. Il est objectivation de soi, car on se reconnaît dans ce qu'on produit. Par le travail, l'homme transforme la nature, et affirme sa personnalité et sa supériorité. **L'accès à la liberté et à la conscience de soi passe par le travail.**
- En travaillant, l'homme est **intégré à la société**, reconnu comme une personne (par les autres et par lui-même). Il trouve dans le travail un sens à sa vie.

B La technique libère du besoin.

- **Par la technique, l'homme s'affranchit de la nature. Descartes** y voit le moyen pour l'homme de devenir « comme maître et possesseur de la nature » (*Discours de la méthode*).
- **La technique facilite les tâches et permet de disposer de plus de temps libre** (la machine lave le linge, permettant à la ménagère de vaquer à d'autres occupations). Elle permet à l'homme de ne pas être totalement soumis à la satisfaction de ses besoins.

Marx, *Le Capital*

Œuvre-clé

Marx interroge le travail et le mode de production capitaliste de manière théorique, mais aussi polémique.

L'auteur

- **Karl Marx** (1818-1883), figure incontournable du XIXe siècle, **incarne le militantisme politique et une pensée nouvelle**, alternative à l'hégélianisme dominant son époque. Opposé à la philosophie hégélienne, il se détourne de toute carrière universitaire et devient journaliste, puis rédacteur en chef de la *Gazette rhénane*. Ses prises de position dans les débats économiques et politiques déplaisent aux autorités berlinoises : la Gazette est interdite.
- Établi à Paris, il écrit *Les Manuscrits de 1844*, *La Question juive* et la *Critique de la philosophie du droit de Hegel*. **Il découvre la pensée socialiste, s'engage politiquement et participe aux réunions de la Ligue des Justes, une société communiste.** Il rencontre alors Friedrich Engels (1820-1895) qui sera son collaborateur et fidèle ami jusqu'à sa mort.
- Expulsé de France, **Marx** s'installe en Belgique et rédige *Misère de la philosophie* ainsi que *L'Idéologie allemande* en collaboration avec **Engels**. Tous deux **participent à la création de la Ligue des communistes et élaborent le *Manifeste du Parti communiste*** (1848).
- Exilé à Londres, Marx se consacre à son œuvre et au combat politique : il crée la Première Internationale et aide Engels à rédiger l'*Anti-Dühring*, ouvrage fondateur du marxisme. Parallèlement, il travaille à l'élaboration du *Capital*.

Problématique générale de l'œuvre

- Par une « critique de l'économie politique », **Marx analyse la nature du système capitaliste et dévoile les contradictions qui le sous-tendent**. Il appelle à l'action révolutionnaire visant l'établissement du communisme et l'instauration de l'égalité.

Thèses essentielles

- **L'animal ne travaille pas.** Même si, a priori, l'activité de l'abeille et celle de l'architecte semblent comparables, on ne peut pas dire de l'animal qu'il travaille au même titre que l'homme. Ce que fait l'animal, en effet, est instinctif, alors que, lorsque l'homme travaille, il a **conscience** du but à atteindre et se le représente, ce qui détermine les moyens à mettre en place : « Ce qui distingue dès l'abord le plus mauvais architecte de l'abeille la plus experte, c'est qu'il a construit la cellule dans sa tête avant de la construire dans la ruche. »

- L'animal, parce qu'il transforme la nature instinctivement, le fait spontanément, alors que, **dans le travail, l'homme doit faire l'effort de subordonner sa volonté à son but, et ce d'autant plus lorsque le travail est moins attrayant**. Le travail demande donc un effort sur soi-même et une attention constante.

- **La critique du mode de production capitaliste : le travail aliéné*.** Si c'est par le travail que l'homme réalise son essence, qu'il s'affirme en tant qu'être conscient et capable de volonté et d'effort, en régime capitaliste, **l'ouvrier** n'est pas possesseur de l'objet qu'il produit. **Exploité et déshumanisé**, il **vend sa force de travail**. **Celle-ci est une marchandise que le capitaliste s'approprie par le biais du salaire, au même titre qu'il s'approprierait une machine.** Le salaire permet seulement à l'ouvrier de régénérer sa force de travail.

- Or, le travail de l'ouvrier produit plus que la valeur de son salaire, permettant au capitaliste de faire du profit. Ainsi, la plus-value provient de la différence entre **la valeur d'échange*** de la force de travail (le salaire) et sa **valeur d'usage*** (la valeur produite par l'emploi de la force de travail). La valeur d'usage étant supérieure à la valeur d'échange, le travailleur est exploité.

- **L'ouvrier vend sa vie, se vend lui-même, et ne conçoit son épanouissement que dans le loisir.** Le travail permet d'autant moins au travailleur de s'affirmer qu'il est divisé, parcellisé et que celui-ci ne se reconnaît plus dans l'objet qu'il concourt à fabriquer. Aliéné, l'ouvrier doit se révolter pour faire advenir une société sans classe qui mette fin à **l'exploitation de l'homme par l'homme**.

Les concepts clés

- **Aliénation :** dépossession de soi-même, asservissement, soumission.
- **Valeur d'usage :** valeur d'une marchandise par rapport à son emploi, son utilité. La valeur d'usage de la force de travail est la valeur qu'elle produit effectivement.
- **Valeur d'échange :** valeur d'une marchandise sur le marché. La valeur d'échange de la force de travail est son prix, le salaire que reçoit l'ouvrier en échange de son travail.

Qu'est-ce que la vérité ? 38

Lue Relue Apprise

Si le philosophe recherche la vérité, c'est qu'elle n'est pas d'emblée donnée et que son accès n'est pas aisé. L'analyse des sens de la notion fait émerger ces difficultés.

1 Les deux aspects de la vérité

A La vérité matérielle

- **On nomme vérité matérielle l'accord, la conformité du jugement à la réalité.** Le jugement « il pleut » est vrai si et seulement si, dans les faits, il pleut.
- Dès lors, pour être sûr de dire le vrai, il faut un **vérificateur** de l'énoncé, pour pouvoir vérifier que ce que l'on dit est conforme à ce qui se passe dans la réalité. Il faut des **preuves**.
- Mais le réel est accessible par **les sens**. Pouvons-nous nous fier à notre perception ? Nos sens peuvent nous tromper (exemple du bâton brisé de Descartes).
- Qu'en est-il des vérités historiques et métaphysiques, celles qui concernent ce dont on ne peut faire l'expérience ? Et des vérités morales, celles qui relèvent de valeurs et non de faits ?

B La vérité formelle

- La vérité formelle, ou **validité,** consiste dans **l'accord de la pensée avec elle-même**, dans la cohérence du raisonnement. Les sciences s'appuient sur ce principe. Il faut pouvoir **démontrer** ce que l'on dit.
Le problème sera alors de garantir le lien entre la démonstration et la réalité.
- De plus, toute démonstration part d'un donné : comment certifier la vérité des propositions de départ ? (→ fiche 33, p. 93).

2 Distinctions essentielles

A Vérité et réalité

- Une chose ne peut être dite, à proprement parler, vraie. Une chose ou un fait seront dits **réels** en ce qu'ils existent. Ce qui est **vrai** ou faux, c'est ce que l'on pense ou dit de la chose ou du fait.
- **La vérité est donc une relation de conformité entre le jugement que l'on porte sur la**

L'astuce du prof

Ne pas confondre :
Vrai caractérise un jugement, est de l'ordre de la pensée et du discours. / **Réel** caractérise ce qui existe, est de l'ordre des faits.

réalité et la réalité elle-même. Elle est de l'ordre du **jugement**, et donc **liée au sujet humain**.

● **Attention à une déviation du langage** qu'il faut bien repérer : quand on dit d'une chose qu'elle est vraie ou fausse, **ce n'est pas la chose en elle-même qui est en fait vraie ou fausse, mais le jugement que l'on pourrait porter sur elle si l'on s'en tenait à son apparence.** Par exemple, de « l'or faux » est bien du cuivre doré réel, et si on le dit « faux », c'est que, si l'on s'en tenait à l'apparence première de l'objet, on en déduirait qu'il est en or. Ce qui est faux, c'est donc le jugement « ceci est de l'or » que l'on pourrait émettre sans analyse plus approfondie. L'accès à la vérité suppose **d'aller au-delà des apparences**.

B Connaissance et croyance

● **Croire consiste à adhérer à une idée que l'on ne peut ni démontrer ni prouver**. On distingue plusieurs modalités de la croyance :

– **l'opinion** : un jugement non fondé. Ce que je pense sans trop savoir pourquoi, sans pouvoir le justifier, et qui peut varier si l'on me montre, par exemple, que j'ai tort. Elle est, selon **Bachelard**, un obstacle à la science ;

– **la foi** : un engagement, une confiance inébranlable en une réalité supérieure inaccessible à la raison humaine ;

– **le préjugé** : un jugement non fondé reçu d'autrui ou de la société. Il manifeste une paresse et une lâcheté de la pensée, une certaine soumission ;

– **l'illusion** : une conception déformée de la réalité qui trouve son origine dans nos désirs ;

– **la conviction** : une certitude intime, plutôt d'ordre moral, qui cependant résiste à toute démonstration ;

– **le postulat** : un principe de base admis en vertu de son efficacité ou de son enjeu. On ne peut le démontrer, mais son acceptation semble nécessaire. Par exemple, la liberté est selon **Kant** un postulat de la raison pratique : il est nécessaire de supposer son existence pour donner sens aux actions humaines et à la morale.

● **La croyance** peut être vraie ou fausse, mais jamais démontrée ni prouvée, alors que lorsqu'il connaît, l'esprit se représente une idée vraie (conforme au réel) qu'il peut justifier. Cependant, **la connaissance évolue** dans le temps (elle dépend des technologies disponibles et de l'avancée des sciences) **alors que la vérité est immuable**.

La recherche de la vérité en question

39

Lue Relue Apprise

La vérité apparaît comme un idéal que tous se proposent d'atteindre, mais est-ce vraiment possible, et est-ce même toujours souhaitable ?

1 Peut-on accéder à la vérité ?

A Le scepticisme

- Scepticisme : école de philosophie fondée par Pyrrhon d'Élis qui considère que l'**on ne peut jamais être certain d'avoir atteint la vérité**.
- En effet, on ne peut se fier ni à ses sens (les sensations sont relatives), ni à la raison (les arguments par lesquels les métaphysiciens prétendent défendre leurs doctrines se valent).

L'astuce du prof

Attention, le scepticisme ne remet pas en cause l'existence de la vérité, mais l'idée qu'on puisse être certain de l'avoir atteinte.

- Le sceptique **Sextus Empiricus** revendique la suspension du jugement, ***l'épochè*** (état de doute) : le vrai est si précieux qu'affirmer quelque chose sans fondement revient à l'offenser. D'où la nécessité de la prudence : « quelque raison que j'aie examinée, dont on se sert pour établir une assertion dogmatique, il me semble qu'il y en a quelque autre opposée à celle-là, qui établit aussi un dogme, et qui est égale à cette première. »
- **Le but du scepticisme est d'ordre pratique :** en s'affranchissant de tout dogme, le sceptique se donne la possibilité d'atteindre l'**ataraxie** (absence de trouble de l'esprit).

B Le dogmatisme

- En tant que position philosophique**, le dogmatisme fonde la possibilité de l'accès à des vérités absolues sur une confiance inébranlable en la raison**. Il faut le distinguer de ce que le langage courant nomme « dogmatisme » : attitude de celui qui fait preuve d'étroitesse d'esprit, refusant de remettre en cause ses convictions et d'entendre les arguments contraires.
- **Platon** refuse le **relativisme** des sophistes selon lequel l'on peut considérer la vérité comme propre à chacun. L'esprit peut s'élever du monde sensible changeant et illusoire au monde intelligible contenant les Idées, réalités véritables. La vérité est éternelle et immuable (→ œuvre-clé, p. 115).

2 Doit-on vouloir accéder à la vérité ?

A La vérité comme valeur

- Doué de **raison**, l'homme semble être fait pour rechercher la vérité, ainsi que le montre **Aristote** : « Tous les hommes désirent naturellement savoir » (*Métaphysique*). L'ignorance et l'illusion, qui s'opposent à la vérité, sont à combattre.
- La vérité apparaît comme un désir, mais aussi comme un **devoir**. Pour **Kant, l'on ne peut moralement vouloir le mensonge** : « Être véridique dans les propos qu'on ne peut éluder, c'est là le devoir formel de l'homme envers chaque homme, quelle que soit la gravité du préjudice qui peut en résulter pour soi-même ou pour autrui. » (*Fondements de la métaphysique des mœurs*). En effet, ne peut être tenu pour moralement bon qu'un principe dont on peut vouloir qu'il devienne en même temps une loi universelle (➜ fiche 13, p. 36). Or, le menteur, ne souhaitant pas être découvert, désire qu'autrui le croie sincère, se conformant ainsi à une **maxime** inverse de la sienne (maxime de la sincérité).

lexique

Une **maxime** est une formule qui exprime une règle morale.

B Les soupçons qui pèsent sur la recherche de la vérité

- Selon **Nietzsche,** l'affirmation de la supériorité de la vérité repose sur **une illusion métaphysique** qui consiste à inventer, au-delà du monde sensible (le seul existant pour ce philosophe), **un « arrière-monde »**, celui de la vérité. Cette illusion est négative : elle dévalue le monde sensible et la vie. Il y a en outre **de bonnes illusions, celles qui augmentent en nous le sens de la vie.**

citation

« Vouloir le vrai, ce pourrait être secrètement vouloir la mort. »
Nietzsche, *Le Gai Savoir*.

- Pour **Machiavel**, la politique est à distinguer de la morale, exigeant parfois que l'on use du mensonge. **La fin justifie les moyens.** La fin : la stabilité et l'unité de l'État. Les moyens : tous ceux qui seront nécessaires, même s'ils sont contraires à la morale, comme le **mensonge**.
- **Platon** va dans le même sens : « À ceux qui gouvernent la cité [...] revient la possibilité de mentir, que ce soit à l'égard des ennemis ou à l'égard des citoyens quand il s'agit de l'intérêt de la cité » (*La République*).

L'expérience suffit-elle à établir une vérité ?

40

Lue Relue Apprise

Notre premier rapport au monde est empirique. Nous permet-il de saisir la vérité, ou cette saisie est-elle plus complexe qu'elle ne le paraît ?

1 Théorie et expérience : deux concepts a priori opposés

A L'expérience est liée aux sens

• Du latin *experiri*, « éprouver », « essayer quelque chose », **le terme « expérience » a trois sens** :

1. Ensemble des impressions sensibles, des **informations que fournissent les cinq sens.**
2. « L'**instruction acquise par l'usage de la vie** » (Claude Bernard, *Introduction à la méthode expérimentale*). « Avoir de l'expérience. »
3. En science : procédure mise en œuvre par le scientifique afin de tester une théorie, observation provoquée. On parle alors d'**expérimentation.** « Faire une expérience. »

B La théorie est liée à l'esprit

• En grec, *théôria*, « contemplation », renvoie à une démarche spéculative détachée de l'expérience première que nous avons du réel. **Le terme « théorie » a également plusieurs sens** :

1. Dans le langage courant : **discours spéculatif**, opposé à la pratique et à l'expérience. « Ce n'est que de la théorie. » La théorie semble pouvoir être fantaisiste, alors que l'expérience serait source de vérité.
2. Sens philosophique : **ensemble de thèses logiquement coordonnées et formant un système** (ex. : la théorie freudienne de l'inconscient). En science : **ensemble de lois destinées à rendre compte de l'expérience.** « La théorie de la relativité. » La théorie a pour rôle de dévoiler ce qui dans l'expérience n'est pas directement accessible et explicable. Elle nous apprend à nous méfier de l'expérience première.

2 Problématiques essentielles

A Le problème du lien entre théorie et expérience

• Si l'expérience est le premier rapport que nous entretenons avec le réel, elle semble fonder toute connaissance, ainsi que l'affirme **Locke** (notre esprit serait à la naissance vide de tout contenu, se « remplissant » d'idées au fur et à mesure des expériences). Mais l'expérience est subjective (on ne ressent pas tous les phénomènes de la même manière), singulière et parfois trompeuse (source d'illusions, ainsi que le font remarquer **Platon** et **Descartes**), alors que la théorie se veut objective, universelle et vraie (en accord avec le réel). Doit-on en conclure à une exclusion mutuelle ?

- **Se pose le problème de l'antériorité de l'expérience ou de la théorie dans le processus de connaissance** : si la connaissance semble toujours résulter de l'observation, l'observation pure, en revanche, ne peut rien nous apprendre tant qu'elle n'est pas réfléchie ni analysée. Théorie et expérience sont-elles vraiment dissociables ?
- Comment la théorie, qui est de l'ordre du discours, peut-elle refléter le réel, qui est de l'ordre des faits ? Plus qu'une copie du réel, n'en est-elle pas une interprétation cohérente ? Elle est un modèle d'explication du monde, selon **Einstein**.

citation

« Les concepts physiques sont des créations libres de l'esprit humain et ne sont pas, comme on pourrait le croire, uniquement déterminés par le monde extérieur. »
Einstein et Infeld, *L'évolution des idées en physique*.

B Le problème de la valeur de l'expérimentation

- **L'expérimentation suffit-elle à valider une théorie ?** Dans la mesure où elle est une construction théorique, ne peut-elle pas parfois être faussée, inopérante ? **Karl Popper conseille de parler de confirmation** (terme plus modeste et autorisant une éventuelle remise en cause future) **plus que de vérification.** Une théorie est scientifique si elle est falsifiable, selon Popper, c'est-à-dire si l'on peut concevoir les conditions de sa réfutation par l'expérience (par exemple, la loi de la chute des corps est falsifiable, puisque nous savons que si nous lâchions un objet dans certaines conditions et qu'il ne tombait pas, la loi serait infirmée). Mais cela ne signifie pas pour autant qu'elle doive être considérée comme définitive : cela reviendrait à interdire l'avancée de la science.

Platon, *La République*, livre VII

Œuvre-clé

Dans le Livre VII de la *République*, Platon a recours à l'allégorie* de la caverne afin d'expliquer le rôle du philosophe et sa quête de la vérité.

L'auteur

- D'abord promis à un brillant avenir politique, Platon (427-347 av. J.-C.) rencontre Socrate (le « père de la philosophie »), dont il devient le disciple. Il délaisse ses aspirations politiques et se tourne vers la philosophie.
- Dans ses écrits, il met en scène Socrate en situation de dialogue avec divers interlocuteurs.
- En 387 av. J.-C., Platon fonde l'Académie, école de philosophie au succès immense qui poursuivra son enseignement jusqu'au VIe siècle après J.-C.
- Œuvres principales : *Ménon*, *Apologie de Socrate*, *Le Banquet, Théétète, Timée*.

Problématique générale de l'œuvre

- *La République* est un ouvrage de philosophie politique qui s'interroge sur la cité idéale et sur la justice. Platon s'intéresse particulièrement au Livre VII à l'éducation, et dépeint, par l'allégorie de la caverne, la conversion que doit effectuer celui qui veut entrer dans le monde de la connaissance rationnelle. Le philosophe doit rompre avec le sens commun pour accéder aux Idées*.

Thèses essentielles

- **L'allégorie de la caverne**

Des hommes, enchaînés au fond d'une caverne depuis leur naissance, ne peuvent ni bouger, ni tourner la tête. Leur regard est tourné vers le fond de la caverne. En haut de la caverne, derrière eux, brûle un feu, devant lequel passe une route sur laquelle défilent des personnages portant des objets. Cette route est masquée par un petit mur. Les ombres des objets se reflètent sur la paroi, au fond de la grotte. Pour les prisonniers, ces ombres constituent la réalité.

Un prisonnier se détache de ses liens, remonte en haut de la caverne et, découvrant alors la réalité, se rend compte que ce qu'il croyait réel n'est en fait qu'ombre et obscurité. Lorsqu'il redescend pour en informer les autres prisonniers, ceux-ci le considèrent comme fou, et seraient prêts à le condamner à mort.

- **Monde sensible et monde intelligible**

Les prisonniers symbolisent l'homme commun pétri d'opinion et n'ayant qu'une illusion de savoir. La caverne renvoie au **monde sensible, monde accessible par les sens, lieu de l'apparence, du particulier, du changement**. Il n'est que la **pâle copie du monde intelligible**, monde des **Idées**, seules réalités véritables, **modèles** de toutes choses (dans l'allégorie, c'est le monde extérieur, situé en haut de la caverne). Exclusivement lié à l'esprit, il doit se comprendre comme lieu de la **vérité** immuable, éternelle et absolue.

- **La conversion du philosophe**

Le prisonnier qui se détache de ses liens est le philosophe qui, opérant une véritable conversion, remet en cause ses anciennes opinions, comprend qu'il ne sait pas ce qu'il croit savoir, et se met en position de découvrir la vérité.
Si le philosophe redescend dans la caverne, c'est parce qu'il se doit d'éduquer les hommes, de leur faire prendre conscience de leur ignorance. Socrate se sentait investi d'une telle mission : c'est pourquoi, dans les dialogues qu'écrit Platon, on le voit interroger ses interlocuteurs sur ce qu'ils prétendent savoir, et les amener à prendre conscience de la fragilité de ce prétendu savoir. **La maïeutique socratique est cet art d'accoucher les esprits de la vérité qu'ils portent en eux**. Elle permet la **dialectique**, mouvement ascendant par lequel l'esprit passe de la multiplicité du sensible à l'unité de l'Idée, des apparences à la réalité. C'est cette ascension dialectique que décrit l'allégorie de la caverne.

Les concepts clés

- **Allégorie** : image ou histoire qui exprime une idée abstraite.
- **Idée** : réalité véritable, l'Idée est l'essence dont les réalités sensibles ne sont qu'une pâle et imparfaite copie. Par exemple, l'Idée de justice est la justice en soi (sa définition), qu'ont en commun des décisions justes ; mais ces dernières ne réalisent la justice que de manière imparfaite, puisqu'elles le font de manière toujours particulière et changeante : elles ne sont pas la justice en soi, mais y participent.

Révision EXPRESS

Mémo'Quiz

Cochez la bonne réponse.

L'art

1. À l'origine, on ne distinguait pas l'art de la technique :

❑ Vrai ❑ Faux

2. Dire qu'une œuvre d'art est autotélique signifie :

❑ qu'elle est faite par un amateur

❑ qu'elle transmet un message et sert une cause

❑ qu'elle est à elle-même sa propre fin

3. Le beau est « ce qui plaît universellement sans concept » selon :

❑ Nietzsche

❑ Hume

❑ Kant

4. Pour Platon, l'œuvre d'art est :

❑ une copie de copie

❑ le fruit de l'activité la plus noble de l'homme

❑ la manifestation pure de l'idée

5. Pour Nietzsche, le génie est :

❑ inné

❑ rationnel

❑ un don de la nature

→ Réponses p. 143

Le bonheur

1. Pour les conceptions hédonistes, le souverain bien est :

❑ le bonheur ❑ le plaisir ❑ la morale

2. Selon l'étymologie du terme bonheur, on peut dire que :

❑ le bonheur suppose la morale

❑ le bonheur dépend du destin

❑ c'est à chacun d'œuvrer pour son propre bonheur

3. Les conceptions eudémonistes affirment :

❑ que la morale est le souverain bien

❑ que la vie est le souverain bien

❑ que le bonheur est le souverain bien

4. Quel philosophe affirme que le bonheur est « un idéal de l'imagination » ?

❑ Aristote ❑ Épicure ❑ Kant

5. Comment appelle-t-on l'absence de trouble dans l'âme ?

❑ l'ataraxie ❑ l'aponie ❑ l'anomie

6. Le désir se définit comme :

❑ un état de satisfaction totale

❑ une tendance vers un objet considéré comme source de satisfaction

❑ une pulsion dont nous n'avons pas conscience

7. Le conatus, selon Spinoza, est :

❑ le désir de persévérer dans son être

❑ le désir fondamental de l'autre

❑ le désir qui manifeste un manque

8. Pour les stoïciens, le désir est :

❑ le propre de l'homme

❑ une source d'énergie

❑ une maladie de l'âme

9. « Rien de grand dans le monde ne s'est accompli sans passion », selon :

❑ Nietzsche ❑ Descartes ❑ Hegel

10. « Malheur à qui n'a plus rien à désirer ! » est une citation :

❑ d'Épicure ❑ de Rousseau ❑ de Spinoza

→ Réponses p. 143

La conscience

Mémo'Quiz

Cochez la bonne réponse.

La conscience

1. Le plus haut degré de conscience est :

❑ la conscience spontanée ❑ la conscience morale
❑ la conscience réfléchie

2. La conscience de soi est une évidence, selon Descartes :

❑ Vrai ❑ Faux

3. L'introspection est :

❑ la réflexion sur soi-même ❑ la possibilité de connaître
❑ l'unité du sujet

4. Notre position sociale détermine notre conscience selon :

❑ Spinoza ❑ Nietzsche ❑ Marx

5. Pour Bergson, la conscience est :

❑ pouvoir de synthèse ❑ intentionnalité
❑ synonyme de choix

6. Selon Nietzsche, nous croyons en l'existence d'un sujet immuable à cause :

❑ du langage ❑ de la conscience ❑ du regard des autres

7. Descartes conçoit le sujet comme :

❑ une illusion ❑ une substance ❑ un corps

8. Hume remet en cause :

❑ la fiabilité de la perception
❑ la possibilité pour l'homme de se maîtriser
❑ l'unité du moi

9. Qui a, le premier, mis en évidence l'existence de forces psychiques inconscientes ?

❑ Freud ❑ Lacan ❑ Adler

10. Kant considère que la possibilité pour l'homme de se considérer comme sujet fait de lui :

❑ une personne ❑ un animal politique ❑ un être égoïste

→ Réponses p. 143

Le devoir

1. La fable de l'anneau de Gygès, évoquée par Platon, montre :

❑ que l'on agit conformément au devoir naturellement

❑ que l'on agit conformément au devoir par intérêt

❑ que l'on agit conformément au devoir par respect pour la loi

2. Selon Kant, si l'on agit conformément au devoir, on agit aussi par devoir :

❑ Vrai ❑ Faux

3. Pour Platon, si l'homme fait le mal :

❑ c'est par ignorance ❑ c'est parce qu'il est naturellement méchant

❑ c'est par vengeance

4. Les règles de conduite qui visent une fin sont, selon Kant :

❑ des impératifs catégoriques ❑ des impératifs hypothétiques

❑ des postulats de la raison pratique

5. L'obligation relève de la nécessité :

❑ Vrai ❑ Faux

6. La morale définit :

❑ des obligations ❑ des contraintes ❑ des nécessités

7. La politique, selon Machiavel, doit être :

❑ immorale ❑ morale ❑ amorale

8. La morale est, selon Kant :

❑ une fin en soi ❑ ce qui permet d'atteindre le bonheur

❑ relative

9. Faire la généalogie de la morale consiste à :

❑ montrer ce qui la fonde ❑ en dévoiler les origines

❑ faire son apologie

10. Une contrainte se distingue d'une obligation par le fait :

❑ qu'elle peut être évitée ❑ qu'elle exclut le choix

❑ qu'elle est plus présente en société

→ **Réponses p. 143**

L'État

Révision EXPRESS

Mémo'Quiz

Cochez la bonne réponse.

L'État

1. Un État n'est une nation que si :

❑ ses membres partagent une histoire, des valeurs et une tradition communes

❑ il s'oppose à d'autres États pour revendiquer sa suprématie

❑ il est fondé sur la force

2. Pour Aristote, l'organisation politique de la société a une origine :

❑ divine ❑ conventionnelle ❑ naturelle

3. Pour Rousseau, que doit essentiellement garantir l'État ?

❑ La sécurité ❑ La liberté ❑ L'ordre

4. Selon Hegel, la société civile se confond avec l'État :

❑ vrai, société et État visent l'intérêt commun

❑ faux, la société civile suppose la sympathie alors que l'État est froid et sans cœur

❑ faux, dans la société civile chacun recherche son propre intérêt alors que l'État vise l'intérêt collectif

5. Quel philosophe affirme qu'à l'état de nature, l'homme est un loup pour l'homme ?

❑ Hobbes ❑ Rousseau ❑ Montesquieu

6. Le terme « politique » vient du grec *polis* qui signifie :

❑ pouvoir ❑ cité ❑ gouvernement

7. Quel auteur considère que la politique doit être séparée de toute considération morale ?

❑ Machiavel ❑ Aristote ❑ Rousseau

8. Pour Machiavel, la politique est :

❑ une science ❑ un art

9. La thèse des philosophes rois est défendue par :

❑ Aristote ❑ Kant ❑ Platon

10. Qu'est-ce qui distingue politique et économie ?

❑ La politique relève du domaine privé, l'économie du domaine public

❑ Rien, politique et économie sont solidaires

❑ La politique est un art, l'économie une science

➜ Réponses p. 143

L'inconscient et la justice

Révision EXPRESS

L'inconscient

1. Qui a inventé la psychanalyse ?

❏ Freud ❏ Lacan ❏ Adler

2. Le contenu manifeste du rêve est, selon Freud :

❏ l'histoire qui est à l'origine du rêve ❏ l'histoire telle qu'on l'a rêvée

❏ le désir qui est à l'origine du rêve

3. Pour Freud, parce qu'il est doté d'un inconscient :

❏ l'homme n'est pas maître de lui-même ❏ l'homme peut se maîtriser

❏ l'homme est fou

4. Pour Karl Popper, la théorie freudienne :

❏ est une théorie scientifique parce qu'elle est efficace

❏ n'est pas scientifique parce qu'elle n'est pas falsifiable

❏ revient à faire preuve de mauvaise foi

5. Selon Freud, l'inconscient est :

❏ une partie de notre esprit qui est passive et dont nous n'avons pas conscience

❏ une partie de notre esprit inaccessible à la conscience, active et incontrôlée

❏ l'ensemble des petites perceptions dont nous n'avons pas conscience

La justice

1. Pour Rousseau, le droit trouve son origine dans la force :

❏ Vrai ❏ Faux

2. On distingue le droit positif :

❏ du droit négatif ❏ du droit institué ❏ du droit naturel

3. Pour Calliclès, quelles sont les lois légitimes ?

❏ Les lois morales ❏ Les lois de la nature ❏ Les lois de la cité

4. Qu'est-ce que le positivisme juridique ?

❏ La doctrine qui refuse l'existence du droit naturel

❏ L'institution chargée d'examiner la légitimité des lois

❏ La conception d'un droit universel au-delà des lois sociales

5. Adapter la loi aux cas particuliers et ne pas juger aveuglément, c'est :

❏ appliquer la loi à la lettre ❏ juger selon la lettre de la loi

❏ faire preuve d'équité

→ Réponses p. 143

Le langage et la liberté

Révision EXPRESS

Mémo'Quiz

Cochez la bonne réponse.

Le langage

1. Pour Aristote, le fait que l'homme possède le langage montre :
❑ qu'il est par nature un animal sociable
❑ qu'il est par nature un animal polémique
❑ qu'il est par nature un animal raisonnable

2. Bergson considère que le langage :
❑ est un instrument de domination
❑ est trop conceptuel pour exprimer la singularité du réel
❑ parvient parfaitement à traduire toutes nos émotions

3. Le signifiant d'un signe linguistique est :
❑ l'objet désigné par le signe ❑ l'idée à laquelle renvoie le signe
❑ la forme phonique ou graphique du signe

4. Pour communiquer, les animaux utilisent :
❑ un système de signes ❑ un code de signaux

5. Selon Descartes, les animaux n'ont pas de langage parce qu' :
❑ ils n'ont pas de pensée ❑ ils n'en ont pas besoin
❑ ils ne sont pas sociables

La liberté

1. Dans l'Antiquité, la liberté est d'abord vue comme :
❑ le pouvoir de faire ce qui nous plaît
❑ le fait de participer activement à la vie de la cité
❑ la possibilité d'entreprendre

2. Selon Spinoza, la liberté comme auto-détermination :
❑ est une illusion ❑ est réelle ❑ est en voie d'acquisition

3. La liberté d'indifférence est, selon Descartes :
❑ le pouvoir de faire tout ce qui nous plaît
❑ la capacité à se déterminer en toute connaissance de cause
❑ la capacité à choisir entre deux partis équivalents

4. « Renoncer à sa liberté, c'est renoncer à sa qualité d'homme », selon :
❑ Montesquieu ❑ Hobbes ❑ Rousseau

→ Réponses p. 143

La nature et la raison

Révision EXPRESS

La nature

1. Qui affirme que la société pervertit l'homme ?

❑ Lévi-Strauss ❑ Platon ❑ Rousseau

2. Quelle est l'étymologie du terme « nature » ?

❑ *nasci*, « naître », « croître par soi-même » ❑ *nastur*, « matière »

❑ *natura*, « pur », « sans artifice »

3. Qu'est-ce qui, selon Lévi-Strauss, marque le passage de la nature à la culture ?

❑ La morale qui interdit de tuer ❑ L'institution du mariage

❑ La prohibition de l'inceste

4. Qu'est-ce que l'état de nature ?

❑ L'état de celui qui est sincère ❑ L'état de l'homme sans culture

❑ L'état de l'homme préhistorique

5. Qu'est-ce que l'ethnocentrisme ?

❑ La tendance à considérer son peuple et sa culture comme supérieurs à tout autre

❑ La tendance à se considérer, en tant qu'individu, comme supérieur

❑ à tout autre ❑ Le rejet de la barbarie

La raison

1. Le terme latin *ratio*, qui est à l'origine du mot « raison », signifie :

❑ proportion ❑ modération ❑ calcul

2. Dans son usage pratique, la raison :

❑ s'intéresse à l'action ❑ s'intéresse à la connaissance

❑ s'intéresse aux sciences

3. Selon Auguste Comte, l'esprit positif est :

❑ l'esprit de celui qui est optimiste ❑ l'esprit scientifique

❑ l'esprit métaphysique

4. Le monde sensible est, selon Platon, le seul monde réel :

❑ Vrai ❑ Faux

5. Un phénomène, selon Kant, est :

❑ un événement ou un être exceptionnel

❑ ce que nous saisissons du réel par la mise en ordre qu'opère notre esprit

❑ un élément de la réalité en soi

→ Réponses p. 143

La religion et la science

Révision EXPRESS

Mémo'Quiz

Cochez la bonne réponse.

La religion

1. La forme élémentaire de la vie religieuse est, selon Durkheim :

❏ la distinction entre le clergé et le Tiers État
❏ la croyance en Dieu ❏ l'opposition entre le sacré et le profane

2. Le terme foi vient du latin *fides*, qui signifie :

❏ confiance ❏ fanatisme ❏ croyance

3. Bergson distingue :

❏ la religion et l'antireligion ❏ la religion révélée et la religion naturelle
❏ la religion statique et la religion dynamique

4. La religion est « l'opium du peuple », selon :

❏ Freud ❏ Feuerbach ❏ Marx

5. Le fidéisme affirme :

❏ que seule la foi permet d'accéder aux vérités religieuses
❏ que la raison doit justifier les croyances
❏ que la religion n'est pas irrationnelle

La science

1. Le courant philosophique qui affirme que nos connaissances viennent de l'expérience est :

❏ le rationalisme ❏ l'empirisme ❏ l'expérimentalisme

2. Le mot « expérience » vient du latin *experiri*, qui signifie :

❏ vivre ❏ sentir ❏ éprouver

3. Selon Karl Popper, une théorie est scientifique si elle est :

❏ expérimentable ❏ prouvée ❏ falsifiable

4. Dans une perspective empiriste, les théories scientifiques s'élaborent :

❏ par induction ❏ par déduction ❏ en suivant la méthode expérimentale

5. Selon Bachelard, l'expérience :

❏ est une observation pure ❏ est une illusion
❏ est toujours empreinte de théories

→ **Réponses p. 143**

La technique et le temps

Révision EXPRESS

La technique

1. La technique devrait pouvoir rendre l'homme « comme maître et possesseur de la nature », selon :

❏ Heidegger ❏ Descartes ❏ Rousseau

2. À quel mythe fait référence Platon dans le *Protagoras* pour expliquer l'origine de la technique ?

❏ Le mythe de Gygès le Lydien ❏ Le mythe de la caverne

❏ Le mythe de Prométhée

3. Pour Bergson, la technique est le fruit :

❏ de l'intelligence ❏ de l'imagination ❏ de la raison

4. La finalité de la technique est :

❏ la beauté ❏ l'utilité ❏ l'égalité

5. Selon Rousseau, on peut dire que :

❏ la technique libère l'homme ❏ la technique affaiblit l'homme

❏ la technique enrichit l'homme

Le temps

1. Pour Bergson, la durée se distingue :

❏ du temps absolu ❏ du temps objectif ❏ du temps passé

2. Kant considère que le temps est :

❏ une forme a priori de la sensibilité ❏ un flux ininterrompu

❏ une réalité hors de nous

3. « L'existence précède l'essence » selon :

❏ Sartre ❏ Hegel ❏ Lévinas

4. L'essentialisme affirme :

❏ que l'essence prime sur l'existence

❏ que tout existe avant d'avoir une essence

❏ que l'existence est irréelle

5. Platon distingue :

❏ le monde supralunaire et le monde sublunaire

❏ le monde sensible et le monde intelligible

❏ le monde terrestre et le monde divin

→ Réponses p. 143

Mémo'Quiz

Cochez la bonne réponse.

Le travail

1. « Le terme « travail » vient du latin *tripalium*, qui désigne :
❑ l'effort
❑ un instrument de torture
❑ l'épanouissement

2. Dans l'Antiquité, le travail est dévalorisé :
❑ parce qu'il est lié aux besoins qui rapproche l'homme de l'animal
❑ parce qu'il est effectué par l'esclave
❑ parce qu'il demande trop d'efforts physiques

3. Comment Hannah Arendt distingue-t-elle travail et œuvre ?
❑ Elle ne les distingue pas
❑ Le travail produit des biens consommables et l'œuvre des biens durables
❑ Le travail demande un effort, contrairement à l'œuvre

4. Marx critique :
❑ le travail en général
❑ le loisir comme source de perversion
❑ la forme capitaliste du travail

5. Pour Hegel :
❑ le travail est un moyen de prendre conscience de soi
❑ le travailleur doit lutter pour l'abolition des classes sociales
❑ le travail discipline et restreint

→ Réponses p. 143

La vérité

1. Platon considère que la vérité est :
❑ immuable
❑ relative
❑ inaccessible

2. Le mensonge est, selon Machiavel :
❑ nécessaire d'un point de vue politique
❑ immoral
❑ parfois moral, en fonction des conséquences

3. Selon Bachelard, l'opinion est :
❑ le début de toute connaissance
❑ la seule connaissance possible
❑ un obstacle à la connaissance

4. Pour Nietzsche :
❑ il y a de bonnes illusions
❑ il faut exclure toute illusion
❑ la recherche de la vérité est propre à l'homme

→ Réponses p. 143

Repères

Lue Relue Apprise

Absolu/relatif

	ABSOLU	RELATIF
Définition	Ce qui existe en et par soi-même, indépendamment de toute condition extérieure.	Ce qui existe et s'évalue en lien avec d'autres choses.
Exemples	• Une « vérité absolue » ne dépend pas des conditions de sa découverte, elle existe en elle-même. • Fondamentalement, seul Dieu peut être conçu comme totalement absolu, puisqu'il a en lui-même sa raison d'être et ne dépend de rien d'autre que de lui-même.	• La connaissance est relative aux instruments dont nous disposons pour étudier la nature (microscope, télescope...). • La naissance d'un individu est relative à ses géniteurs.
Problèmes philosophiques soulevés	La morale peut-elle faire appel à des règles absolues, c'est-à-dire inconditionnées, valables en tout temps et en tout lieu, quelle que soit la situation (Kant) ? Ou bien doit-on considérer que les règles morales peuvent parfois être transgressées au nom même de la morale ?	

Abstrait/concret

	ABSTRAIT	CONCRET
Définition	Ce qui résulte d'une opération de la pensée lorsqu'elle isole des caractéristiques essentielles d'un être, laissant de côté ses éléments accidentels (secondaires).	• Caractérise la chose dans sa totalité, avec ses particularités. • Ce dont on peut faire l'expérience.
Exemples	Le concept de chien est abstrait : il réunit ce qu'ont en commun tous les chiens existants, mais n'existe pas en lui-même comme réalité sensible.	Ce labrador-ci est une incarnation concrète de l'idée abstraite de chien.
Problème philosophique soulevé	Les idées abstraites ont-elles une réalité (ainsi que l'affirme Platon par l'affirmation de l'existence des Idées) ou ne sont-elles que le résultat qu'une construction de l'esprit (nominalisme) ?	

En acte/en puissance

	EN ACTE	EN PUISSANCE
Définition	• Ce qui existe effectivement, ce qui est accompli, achevé. • L'actualisation est l'accomplissement de ce qui n'était auparavant qu'en puissance.	• Ce qui existe à l'état de virtualité, de potentialité. • Ce qui n'est pas encore développé.
Exemples	• Celui qui a obtenu son baccalauréat est un bachelier en acte. • Lorsque le bourgeon est éclos, on peut dire que la fleur est en acte.	• L'élève de terminale qui n'a pas encore obtenu son baccalauréat est un bachelier en puissance. • Le bourgeon est une fleur en puissance.
Problèmes philosophiques soulevés	L'homme se définit-il par sa raison ? Si la raison est une faculté, elle se développe et peut n'exister qu'en puissance (comme chez l'homme naturel de Rousseau), et n'est pas alors le propre de l'homme. Ou bien doit-on considérer que l'humain (doué de raison) se distingue de l'homme (au sens biologique), dès lors que l'on peut considérer que l'on peut « perdre raison » tout en restant homme ?	

Analyse/synthèse

	ANALYSE	SYNTHÈSE
Définition	Décomposition d'un tout en ses parties (on va du plus complexe au plus simple).	Recomposition, rassemblement d'éléments en un tout organisé.
Exemples	• Descartes recommande, pour bien penser, de diviser les difficultés, et donc de procéder par analyse (seconde règle). • Lorsque le chimiste analyse une substance, il montre quels sont les éléments qui la constituent.	• La synthèse est la troisième règle de la méthode cartésienne pour bien penser. • La substance en question est un tout organisé, la synthèse de l'ensemble de ses éléments.

Concept/image/métaphore

	CONCEPT	IMAGE	MÉTAPHORE
Définition	Idée générale abstraite qui contient les caractéristiques communes de tous les éléments appartenant à une même catégorie.	Représentation particulière et subjective d'un élément individuel.	Figure de style qui désigne un objet par le nom d'un autre avec lequel il a un rapport de ressemblance.
Exemples	Le concept de chien comprend ce que tous les chiens ont en commun (mammifère, carnivore…).	L'image d'un chien est une représentation mentale subjective et particulière : je peux imaginer un labrador ou un caniche, avec telle ou telle caractéristique.	Pour parler du chien, on peut par métaphore dire « le meilleur ami de l'homme ».
Problème philosophique soulevé	La connaissance suppose-t-elle de passer par le caractère conceptuel du langage ou peut-elle se faire par l'image ?		

Contingent/nécessaire

	CONTINGENT	NÉCESSAIRE
Définition	Ce qui aurait pu ne pas être ou être autrement qu'il est.	Ce qui n'aurait pas pu ne pas être ou être autrement qu'il est.
Exemples	Il est contingent que je lâche mon crayon.	Si on lâche un crayon, il est nécessaire qu'il tombe.
Problèmes philosophiques soulevés	Tout est-il nécessaire ou doit-on admettre l'existence de la contingence ? Si tout est nécessaire, la liberté humaine est-elle remise en question ?	

Croire/savoir

	CROIRE	SAVOIR
Définition	Adhérer à une idée sans pouvoir la démontrer ni la prouver. La croyance est subjective.	Adhérer à une idée en ayant la certitude objective de sa vérité. Le savoir est objectif.
Exemples	On a cru que le Soleil tournait autour de la Terre.	Aujourd'hui on sait que la Terre tourne autour du Soleil.
Problèmes philosophiques soulevés	Y a-t-il des limites au savoir ? Certaines croyances (en l'existence de la liberté, par exemple) ne sont-elles pas nécessaires ?	

Essentiel/accidentel

	ESSENTIEL	ACCIDENTEL
Définition	Ce que l'on ne peut enlever à un être sans remettre en cause sa nature même.	Ce qui est secondaire dans un être, qui peut être changé ou ôté sans remettre en cause sa nature profonde.
Exemples	Un moteur est une caractéristique essentielle de la voiture : sans lui, elle n'est plus qu'une épave.	La couleur d'une voiture en est une caractéristique accidentelle : on peut la repeindre, elle sera toujours une voiture.
Problème philosophique soulevé	Quelles sont les caractéristiques essentielles de l'homme ? Y a-t-il une nature humaine malgré les diverses formes que peut prendre la culture ?	

Exemple/preuve

	EXEMPLE	PREUVE
Définition	Élément particulier qui illustre un jugement. Un exemple ne suffit pas à justifier une idée, puisque l'on peut imaginer qu'il y ait des contre-exemples.	Justification soit matérielle, soit démonstrative d'un jugement.
Exemples	Le fait qu'un témoin considère un accusé comme honnête ne prouve rien, ce n'est qu'un exemple de sa capacité à paraître tel.	Un alibi ou un indice peuvent prouver l'innocence d'un accusé.
Problème philosophique soulevé	La connaissance scientifique peut-elle se fier aux observations de l'expérience (aux exemples) ?	

Expliquer/comprendre

	EXPLIQUER	COMPRENDRE
Définition	Dégager les causes d'un phénomène. L'explication procède de manière analytique et est discursive.	Donner du sens à un phénomène, le saisir intuitivement. Est compris ce que l'on s'est approprié.
Exemples	Les sciences de la nature expliquent les phénomènes naturels mais ne cherchent pas à les comprendre, à leur donner un sens.	La découverte de l'intention qui anime un homme historique relève davantage de la compréhension que de l'explication.
Problèmes philosophiques soulevés	Peut-on tout expliquer ? Si certains phénomènes échappent au déterminisme (principe selon lequel les phénomènes obéissent à des lois universelles et nécessaires), comme par exemple les actes humains, ne doit-on pas plutôt essayer de les comprendre (leur donner un sens) ? L'historien interprète les faits plus qu'il ne les explique (problème de l'objectivité).	

En fait/en droit

	EN FAIT	EN DROIT
Définition	Ce qui est ; de l'ordre de l'être.	Ce qui doit être ; de l'ordre du devoir-être.
Exemples	Dans les faits, il y a des crimes.	En droit, on ne doit pas commettre de crime.
Problèmes philosophiques soulevés	Le droit a pour but de rectifier le fait, mais sur quoi peut-il se fonder ? Comment la loi, générale, (le droit) peut-elle correctement s'appliquer à un cas particulier (le fait) ?	

Formel/matériel

	FORMEL	MATÉRIEL
Définition	Ce qui relève de la forme, qui anime la matière ou lui donne sa forme.	Ce qui relève de la matière et est accessible aux sens.
Exemples	L'âme est selon Aristote la forme du corps, ce qui l'anime. Le sculpteur donne forme au bloc de marbre.	Le corps est la matière qu'anime l'âme. Le bloc de marbre est la matière de la sculpture.
Problèmes philosophiques soulevés	Peut-on distinguer l'âme et le corps ? Y a-t-il une vie de l'âme après la mort du corps ?	

Genre/espèce/individu

	GENRE	ESPÈCE	INDIVIDU
Définition	Ensemble d'espèces dotées de propriétés communes.	Ensemble d'individus aux caractéristiques communes qui se distinguent des autres espèces du même genre par une différence spécifique.	Être unique et indivisible.
Exemples	La classe des animaux est un genre distinct de celui des végétaux.	Parmi les animaux, l'espèce humaine se distingue de l'espèce des félins.	Socrate est un individu de l'espèce humaine.
Problème philosophique soulevé	De fait, il n'existe que des individus. Le classement en genres et en espèces est une abstraction de l'esprit : est-elle toujours objective ?		

Hypothèse/conséquence/conclusion

	HYPOTHÈSE	CONSÉQUENCE	CONCLUSION
Définition	Conjecture non encore certaine, mais probable, appelée à être vérifiée.	Ce qui découle logiquement d'autre chose que de soi, ce qui vient après, est secondaire.	Jugement qui se déduit d'un raisonnement antérieur, aboutissement.
Exemples	Freud fait l'hypothèse de l'existence de l'inconscient.	Cette hypothèse a pour conséquence une non maîtrise de soi de l'homme.	Nous pouvons en conclure que la liberté est illusoire.
Problème philosophique soulevé	Les théories scientifiques ne sont-elles que des hypothèses ?		

Idéal/réel

	IDÉAL	RÉEL
Définition	• Ce qui n'existe que dans l'esprit, ce qui n'est pas réel et n'est pas accessible aux sens. • L'idéal est un modèle dont on s'inspire et dont on cherche à se rapprocher.	Ce qui existe indépendamment de la pensée, de manière autonome.
Exemples	Le bonheur est pour Kant un idéal de l'imagination : il est inaccessible.	La révolution est une lutte réelle qui vise à rendre effectif, réel, l'idéal d'égalité de tous.
Problèmes philosophiques soulevés	L'idéal n'est-il qu'une utopie vaine, ou bien doit-on y croire afin de le réaliser ? Le bonheur n'est-il qu'un idéal ou bien peut-on penser un bonheur réel ?	

Identité/égalité/différence

	IDENTITÉ	ÉGALITÉ	DIFFÉRENCE
Définition	Caractère de ce qui renvoie à une même réalité, ce qui ne varie pas.	Caractère de ce qui connaît un même traitement, a même quantité ou même valeur.	La différence permet de distinguer une réalité d'une autre.
Exemples	L'identité personnelle est l'invariance du sujet, le fait qu'il soit toujours lui-même malgré tous les changements (physiques, moraux...) qu'il subit.	La justice est une exigence d'égalité : les hommes sont égaux en droits parce qu'ils sont soumis aux mêmes lois.	L'homme est différent de l'animal en ce qu'il possède la raison.
Problème philosophique soulevé	La justice repose sur l'égalité, mais le juge doit aussi prendre en compte les différences pour être équitable (voler pour survivre et voler par vice ne sont pas les mêmes choses). Comment garantir l'égalité malgré les différences tout en restant juste ?		

Impossible/possible

	IMPOSSIBLE	POSSIBLE
Définitions	Qui ne peut être, qui ne peut exister ou se réaliser.	Ce qui peut être, mais qui ne sera pas nécessairement.
Exemples	Il est impossible que l'homme s'envole sans artifice ni machine.	Il est possible de voler dans les airs à l'aide d'une montgolfière.
Problème philosophique soulevé	La technique a rendu possibles des actions qui étaient auparavant impossibles. Par exemple, elle rend possible les manipulations génétiques, le clonage, la procréation médicalement assistée. Jusqu'où repoussera-t-on les limites du possible ?	

Intuitif/discursif

	INTUITIF	DISCURSIF
Définition	Ce qui est directement accessible à l'esprit par une vue immédiate.	Ce qui relève du discours et de la réflexion, et n'est donc pas donné d'emblée mais suppose la médiation du raisonnement.
Exemple	« Je pense donc je suis » est, selon Descartes, une vérité intuitive, une évidence. Le temps vécu est saisi par l'intuition, selon Bergson.	Un syllogisme (raisonnement qui, de deux hypothèses, en déduit une troisième) est discursif.
Problème philosophique soulevé	Y a-t-il des vérités intuitivement accessibles, que nous possédons d'emblée, ou la raison est-elle nécessaire à l'établissement de toute vérité (dès lors de nature discursive) ?	

Légal/légitime

	LÉGAL	LÉGITIME
Définition	Conforme aux lois établies dans un État.	Justifié, conforme à l'idée de justice.
Exemples	Il est légal de rouler à 90 km/h sur une route départementale. Il est illégal de voler.	Un pouvoir politique qui s'impose par la force peut être considéré comme illégitime.
Problème philosophique soulevé	Ce qui est légal est-il toujours légitime ? Le droit positif (établi) ne peut-il pas parfois bafouer les droits inaliénables de l'homme ?	

Médiat/immédiat

	MÉDIAT	IMMÉDIAT
Définition	Ce qui est en relation avec un autre terme par le biais d'un troisième terme. Ce qui suppose un moyen, un autre élément pour se réaliser.	Ce qui s'effectue d'emblée, sans recours à autre chose.
Exemples	Un médiateur est une personne visant à mettre en relation deux partis ou deux personnes afin de résoudre, par exemple, un conflit.	Une discussion entre deux personnes face à face est immédiate. Un accident de voiture est une conséquence immédiate de l'inattention.
Problème philosophique soulevé	Pour Descartes, la connaissance de soi est immédiate, nous avons directement accès à nos pensées. Mais lorsque Freud met en évidence l'existence de l'inconscient, il laisse entendre qu'il faut un médiateur, le psychanalyste, pour découvrir certaines de nos pensées refoulées.	

Objectif/subjectif/intersubjectif

	OBJECTIF	SUBJECTIF	INTERSUBJECTIF
Définition	Caractère de ce qui est conforme à l'objet tel qu'il est.	**1.** Ce qui est personnel, empli des caractères propres du sujet. **2.** Ce qui relève du sujet humain compris comme universel.	Ce qui relève de la relation entre deux sujets.
Exemples	Un jugement objectif décrit le monde tel qu'il est. « Le chocolat est fait à base de fèves de cacao » est un jugement objectif.	Un jugement subjectif manifeste l'humeur, la personnalité de celui qui l'émet. « J'aime le chocolat » est un jugement subjectif.	Discuter avec autrui est une relation intersubjective.
Problème philosophique soulevé	La vérité se veut objective, elle ne change pas selon les personnes, mais elle est proprement humaine et donc subjective au second sens, selon Kant. Peut-on accéder seul à la vérité, ou bien faut-il passer pour cela par une relation intersubjective comme le dialogue ? (→ fiche 28, p. 81)		

Obligation/contrainte

	OBLIGATION	CONTRAINTE
Définition	Ce que l'on doit faire, mais que l'on peut ne pas faire. L'obligation, d'ordre moral, suppose la liberté du sujet : c'est lui qui choisit de l'accomplir ou non.	Ce que l'on fait sans avoir le choix de ne pas le faire. La contrainte, d'ordre physique, relève de la nécessité : on ne peut lui échapper.
Exemples	Ne pas dépasser 90 km/heure sur une route départementale est une obligation. Mais dans les faits, on peut rouler plus vite (même si on n'en a pas le droit).	Le prisonnier est contraint de rester dans sa prison : il n'a pas le choix, ne peut physiquement s'en libérer.
Problème philosophique soulevé	Faut-il contraindre les hommes à respecter leurs devoirs ?	

Origine/fondement

	ORIGINE	FONDEMENT
Définition	L'origine est la source de quelque chose, ce qui la cause ou l'engendre. Elle est de l'ordre du fait.	Le fondement est ce qui justifie une chose, ce qui en rend raison, la légitime. Il est de l'ordre du droit.
Exemples	L'origine des inégalités sociales se trouve, selon Rousseau, dans l'avènement de la propriété privée combinée à l'amour-propre. Cela ne justifie pas les inégalités, mais montre comment elles se sont instaurées.	Ce qui fonde le contrat social, c'est qu'il instaure une égalité de droits (en démocratie) et garantit la liberté de tous.
Problème philosophique soulevé	Peut-on fonder les inégalités parmi les hommes, ou ne peut-on en fait qu'en dégager les origines ? Sont-elles légitimes, ou bien ne sont-elles que le fruit du hasard, et donc contestables ? (→ œuvre-clé, p. 77)	

Persuader/convaincre

	PERSUADER	CONVAINCRE
Définition	Amener son interlocuteur à penser comme soi en usant de stratagèmes qui jouent sur l'affectif, la sensibilité.	Amener son interlocuteur à penser comme soi par une argumentation qu'il peut reprendre à son compte.
Exemples	Les sophistes soutiennent aussi bien une thèse que son contraire en jouant sur les mots : ils cherchent à persuader.	Socrate cherche à convaincre ses interlocuteurs de la faiblesse de leur savoir en le réfutant par des arguments solides.
Problème philosophique soulevé	Le langage est le moyen d'accéder à la vérité, mais il peut aussi être le moyen du mensonge : comment garantir son bon usage ?	

Principe/cause/fin

	PRINCIPE	CAUSE	FIN
Définition	Ce qui est premier, la cause première de toute chose, selon Aristote, ou ce qui anime un être. Ce qui est admis au début d'un raisonnement, mais qui ne se déduit de rien d'antérieur.	Ce qui détermine l'apparition d'un effet, d'autre chose que soi.	But, ce en vue de quoi, ce que l'on poursuit. La fin est aussi l'achèvement.
Exemples	Les axiomes de la géométrie en sont les principes (bases, fondements).	Le nuage est cause de la pluie.	La fin de la recherche scientifique est la découverte de la vérité.
Problème philosophique soulevé	Le vivant s'explique-t-il par un principe finaliste, ou par un principe mécaniste ?		

Public/privé

	PUBLIC	PRIVÉ
Définition	Ce qui est diffusé et diffusable, accessible à tous.	Ce qui relève d'une sphère restreinte, n'est pas accessible à tous.
Exemples	Un parc est un lieu public, chacun peut y accéder.	Un jardin est un lieu privé, seuls ses propriétaires ou locataires peuvent librement y accéder.
Problème philosophique soulevé	En politique, la vie privée du politique a-t-elle vocation à devenir publique ?	

Ressemblance/analogie

	RESSEMBLANCE	ANALOGIE
Définition	Similitude, ensemble de points communs que possèdent deux ou plusieurs êtres pourtant distincts.	Identité de rapports qu'entretiennent différents éléments (au moins quatre).
Exemples	Si deux personnes se ressemblent, c'est qu'elles ont des traits physiques similaires, bien qu'elles soient différentes par ailleurs.	1/2 est analogue à 2/4 (1 est à 2 ce que 2 est à 4). La phrase de Victor Hugo : « La nature est à Dieu ce que l'art est à l'homme. » évoque une analogie.
Problème philosophique soulevé	Le raisonnement par analogie consiste à rapprocher des éléments parfois de manière arbitraire et à supposer qu'ils correspondent parfaitement (par exemple, selon l'astrologie il y aurait analogie entre la position des planètes et le caractère des gens). Comment s'assurer du bien-fondé de l'analogie ?	

Théorie/pratique

	THÉORIE	PRATIQUE
Définition	Ce qui relève du discours, du raisonnement.	Ce qui est de l'ordre des faits, de la confrontation de la théorie avec la réalité.
Exemples	La théorie de la relativité définit le temps comme relatif à la vitesse et à la position de l'observateur.	En pratique, nous avons l'impression que le temps est homogène.
Problème philosophique soulevé	On dit souvent que « ce qui est vrai en théorie ne l'est pas en pratique ». Mais la théorie ne guide-t-elle pas l'expérience que nous faisons du monde ?	

Transcendant/immanent

	TRANSCENDANT	IMMANENT
Définition	Ce qui est au-delà ou au-dessus d'autre chose, ce qui le dépasse. Ce qui est d'un ordre de réalité supérieur.	Ce qui est dans un être, compris en lui, et non pas le fruit d'une cause externe. Ce qui est du même ordre de réalité.
Exemples	La religion chrétienne conçoit Dieu comme transcendant, existant au-delà de la réalité humaine.	Le panthéisme de Spinoza considère que Dieu est immanent, est dans la Nature.
Problème philosophique soulevé	L'homme doit-il supposer que le sens de sa vie repose sur une transcendance (Dieu, par exemple) ou bien doit-il le trouver en lui-même, et donc considérer comme immanente la finalité de son existence ?	

Universel/général/particulier/singulier

	UNIVERSEL	GÉNÉRAL
Définition	Ce qui vaut pour tous en tout temps et en tout lieu sans exception.	Ce qui vaut pour la majorité, pour la plupart, mais peut admettre quelques exceptions.
Exemples	Une loi naturelle (la loi de la chute des corps) est universelle. « Tous les hommes sont mortels. » est une proposition universelle.	Lorsqu'il y a des nuages, il y a en général de la pluie. « La plupart des hommes considèrent leur bonheur comme leur priorité. » est une proposition générale.

	PARTICULIER	SINGULIER
Définition	Ce qui ne vaut que pour quelques-uns.	Ce qui ne vaut que pour un seul être.
Exemples	« Certains hommes sont philosophes. » est une proposition particulière.	« Socrate est un homme » est une proposition singulière.
Problème philosophique soulevé	Peut-on passer en science d'une proposition générale à une proposition universelle de manière légitime ? Par exemple, si, du fait que j'ai vu beaucoup de corbeaux noirs, j'en induis que « la plupart des corbeaux sont noirs », puis-je en conclure légitimement que « tous les corbeaux sont noirs. » ?	

Vrai/probable/certain

	VRAI	PROBABLE	CERTAIN
Définition	Qualité d'un jugement conforme à la réalité.	Ce qui a de grandes chances d'être vrai, mais dont on n'est pas absolument certain.	Ce dont on est intimement convaincu, qui ne peut être remis en cause. Est certain ce à quoi l'esprit adhère sans réserve.
Exemples	La proposition « il pleut » est vraie si, dans les faits, il pleut réellement.	Lorsque l'on voit des nuages dans le ciel, on se dit qu'il va probablement pleuvoir.	Si l'on pense qu'il n'est pas possible qu'il ne pleuve pas, on dira qu'il est certain qu'il pleut ou qu'il va pleuvoir.
Problème philosophique soulevé	La certitude est-elle un critère de vérité ? Suffit-il d'être certain pour être dans le vrai ?		

Corrigés Mémo'Quiz

L'art

1. Faux
2. Qu'elle est à elle-même sa propre fin
3. Kant
4. Une copie de copie
5. Rationnel

Le bonheur

1. Le plaisir
2. Le bonheur dépend du destin
3. Que le bonheur est le souverain bien
4. Kant
5. L'ataraxie
6. Une tendance vers un objet considéré comme source de satisfaction
7. Le désir de persévérer dans son être
8. Une maladie de l'âme
9. Hegel
10. De Rousseau

La conscience

1. La conscience réfléchie
2. Vrai
3. La réflexion sur soi-même
4. Marx
5. Synonyme de choix
6. Du langage
7. Une substance
8. L'unité du moi
9. Freud
10. Une personne

Le devoir

1. Que l'on agit conformément au devoir par intérêt
2. Faux
3. C'est par ignorance
4. Des impératifs hypothétiques
5. Faux
6. Des obligations
7. Amorale
8. Une fin en soi
9. En dévoiler les origines
10. Qu'elle exclut le choix

L'Etat

1. Ses membres partagent une histoire, des valeurs et une tradition communes
2. Naturelle
3. La liberté
4. Faux, dans la société civile chacun recherche son propre intérêt alors que l'Etat vise l'intérêt collectif
5. Hobbes
6. Cité
7. Machiavel
8. Un art
9. Platon
10. La politique relève du domaine privé, l'économie du domaine public

L'inconscient

1. Freud
2. L'histoire telle qu'on l'a rêvée
3. L'homme n'est pas maître de lui-même
4. N'est pas scientifique parce qu'elle n'est pas falsifiable
5. Une partie de notre esprit inaccessible à la conscience, active et incontrôlée

La justice

1. Faux
2. Du droit naturel
3. Les lois de la nature
4. La doctrine qui refuse l'existence du droit naturel
5. Faire preuve d'équité

Le langage

1. Qu'il est par nature un animal sociable
2. Est trop conceptuel pour exprimer la singularité du réel
3. La forme phonique ou graphique du signe
4. Un code de signaux
5. Ils n'ont pas de pensée

La liberté

1. Le fait de participer activement à la vie de la cité
2. Est une illusion

3. La capacité à choisir entre deux partis équivalents

4. Rousseau

La nature

1. Rousseau

2. Nasci

3. La prohibition de l'inceste

4. L'état de l'homme sans culture

5. La tendance à considérer son peuple et sa culture comme supérieurs à tout autre

La raison

1. Calcul

2. S'intéresse à l'action

3. L'esprit scientifique

4. Faux

5. Ce que nous saisissons du réel par la mise en ordre qu'opère notre esprit

La religion

1. L'opposition entre le sacré et le profane

2. Confiance

3. La religion statique et la religion dynamique

4. Marx

5. Que seule la foi permet d'accéder aux vérités religieuses

La science

1. L'empirisme

2. Éprouver

3. Falsifiable

4. Par induction

5. Est toujours empreinte de théories

La technique

1. Descartes

2. Le mythe de Prométhée

3. De l'intelligence

4. L'utilité

5. La technique affaiblit l'homme

Le temps

1. Du temps objectif

2. Une forme a priori de la sensibilité

3. Sartre

4. Que l'essence prime sur l'existence

5. Le monde supralunaire et le monde sublunaire

Le travail

1. Un instrument de torture

2. Parce qu'il est une activité liée aux besoins qui rapproche l'homme de l'animal

3. Le travail produit des biens consommables alors que l'œuvre produit des biens durables

4. La forme capitaliste du travail

5. Le travail est un moyen de prendre conscience de soi

La vérité

1. Immuable

2. Nécessaire d'un point de vue politique

3. Un obstacle à la connaissance

4. Il y a de bonnes illusions

Direction éditoriale : Raphaëlle Mourey
Édition : Julie Langlais
Couverture : Frédéric Jély
Maquette : Julie Lannes
Composition : Nord Compo
Fabrication : Kévin Magar

ISBN : 978-2-09-157548-3

MIXTE
Papier issu de sources responsables
FSC® C022030

Nathan est un éditeur qui s'engage pour la préservation de son environnement et qui utilise du papier composé de fibres naturelles, renouvelables, fabriquées à partir de bois provenant de forêts gérées de manière responsable et contrôlée.

Achevé d'imprimer en mars 2022 par Macrolibros à Valladolid en Espagne
Dépôt légal : septembre 2020 - N° projet : 10282236